나는 오늘도 식물과 열애 중

베란다 정원으로의 초대

나는 오늘도 식물과 열애 중

- 베란다 정원으로의 초대 -

강경오 지음

프로방스

코로나 팬데믹으로 집콕 생활이 길어지면서 일상을 위로받고 싶었습니다. 집에서 누릴 수 있는 힐링이 무엇일까? 동공을 모아서 베란다 너머 하늘을 올려다봤습니다. 그때 베란다의 식물들과 눈이 마주쳤습니다.

"위로받고 싶으세요? 우리와 함께해요."

식물들이 말을 걸어옵니다. 그 순간 괜스레 눈가가 촉촉해짐을 느낍니다.

"그래. 너희들이 있었지? 바로 옆에 있었구나."

베란다 문을 열었습니다. 풋풋한 초록 내음이 훅 스칩니다.

10여 년 전부터 가꾸어 오던 베란다 화단입니다. 여러 종류의 식물들을 그린인테리어 정도로만 생각하고 키웠는데, 벌써 식물과 많은 시간을 함께하고 있었습니다. 식물들을 보살피기 위해 식물 관련 책을 찾아보고 더 깊이 공부했습니다. 식물을 먼저 키워본 분들의 조언을 기록하고 블로그 포스팅을 했지요. 식물 과정 수업을 들었을 뿐 아니라 아이들에게 식물을 대하는 무료 체험교육도 했습니다.

베란다 정원에서의 아침은 참으로 싱싱합니다. 진한 커피 한잔에 식물과 나누는 대화는 무한한 기쁨을 줍니다. 식물이 무엇을 원하는지, 무엇을 해주어야 좋아하는지 오래전 아이 키울 때의 기억과 비슷한 경험을 합니다. 세월이 흐르고 무시로 우울함이 몰려올 때쯤 베란다 정원에서 각양각색 식물을 하나씩 바라보는 것만으로도 일상이 새로워집니다. 일주일에 한 번 정도 물을 주고 낙엽을 정리해 주는 일이 고작인 것 같은데, 식물이 주는 마음의 위안으로 365일을 살아갑니다.

1인 가구가 늘어나면서 반려 식물이라는 키워드가 사회 전

반에 퍼지고 있습니다. 더불어 작지만, 소박한 나만의 정원을 갖고 싶은 사람도 늘고 있습니다. 하지만 식물 키우기를 시도조차 못 하는 사람도 있고, 화분 한두 개 키우다가 초록별로 보내고 다시는 식물을 들여놓지 못하는 사람도 있습니다. 식물을 사랑하는 가드너로서 안타까운 마음에 작은 도움의 손길을 내어 주고 싶습니다.

이 책은 삶에서 소소한 행복을 찾기 위해 아파트 베란다에서 300여 개의 식물을 키우며 행복했던 경험을 이야기합니다. 식물과 정서적으로 교감했던 순간과 식물을 예쁘고 건강하게 키우는 나름의 노하우도 담았습니다. 베란다 정원, 거실 정원의 생활이 참 즐거움이 된다는 것을 알 수 있었으면 좋겠습니다.

50대 후반이 되어서야 식물을 키우며 정말 좋아하는 것이 무엇인지 알게 되었습니다. 점점 삶이 심드렁해지고 가슴 안쪽으로 파고드는 쪼그라든 심장에 한 가닥 위로가 되는 초록 식물들이 있어 당당히 어깨를 펴 봅니다. 그래서 선택한 '베란다 가드너'의 길입니다. 아이들과 호흡하던 교사보다, 프랜차이즈 사업에 뛰어들어 SNS 마케팅에 열을 올리던 사업가보다 베란다 정원 가드너인 지금이 더 행복합니다. 작은 숲을 이룬 베란다 정원에서 느꼈던 즐거움과 위로와 여유를 여러분과 함께 나누고 싶습니다. 이 길에 여러분을 초대합니다.

2023년 겨울
강경오

차 례

제2장
식물의 매력에 빠지다

제3장 | 식물과 열애 중

제4장 │ 식물과 완전한 사랑

제5장 | 식물 사랑의 멜로디

제1장

식물과 첫사랑

1

당당한 존재감
푸테리스고사리

아파트에서 산다는 것은 생활의 편리함 때문이다. 직장인이라면 더욱 그렇다. 육중한 현관문만 닫으면 철저하게 사생활이 보장되는 공간. 사람이 없어도 도둑이 들 염려가 없어 외출이 자유로운 집. 그러나 단독주택처럼 마당이 없는 게 흠이다. 퇴근해 집에 들어서면 모던하고 깔끔한 가구로 채워진 실내가 정갈해서 좋지만, 대문을 들어서면 아기자기한 꽃나무들이 반겨주던 어릴 적 마당의 추억이 그립다. 거실과 베란다에 화분을 들여놓는 이유이다. 그린인테리어로 대리만족을 할 수밖에.

　　몇 년 전 친정어머니를 갑자기 하늘나라로 떠나보내 드릴
수밖에 없었다. 교직을 떠나 열정을 바쳤던 프랜차이즈 사업
도 우연한 기회에 정리했다. 자연스럽게 집에서 지내는 시간이

　　　　　　　　　　　　　　　　나는 오늘도 식물과 열애 중

많아졌다. 집안을 둘러보니 공허한 마음만큼이나 베란다가 텅 비어 보였다. 그때부터였다. 외출에서 집으로 돌아올 때마다 하나씩 들고 들어온 식물로 채워진 베란다를 바라보면서 시나브로 식물의 매력에 빠져들었다.

식물 정보책에서 푸레리스고사리를 처음 보았다. 한가로운 오후, 책장을 넘기다가 유난히 눈에 띄는 식물 하나가 있었다. 잎이 마치 아기 손가락처럼 생겼다. '무슨 식물이길래 이렇게 특이할까?' 책을 덮고 가까운 화원으로 달려갔다. 하지만 책에서 본 푸레리스고사리는 없었다. 근처 화원 몇 군데를 더 돌아봐도 마찬가지였다. 다시 집으로 돌아와 노트북을 켜고 폭풍 검색을 했다. 드디어 찾았다. 역시 인터넷의 바다에는 없는 게 없다. 회심의 미소를 지으며 결제 버튼을 눌렀다.

그렇게 푸레리스고사리를 만났다. 한 번의 만남은 또 다른 관심을 불러일으키는 법. 고사리 종류가 의외로 많다는 사실에 깜짝 놀랐다. 아이텀, 무늬보스턴, 블루스타펀 등등. 그중 푸레리스고사리가 제일 마음에 든다. 고사리와의 첫 만남이어서일 것이다.

베란다를 초록의 실내 정원으로 만들고 싶다면 고사리 종

류를 추천한다. 고사리는 자랄수록 잎이 아치형으로 늘어지
고 넓게 퍼지는 모양이 화분 수가 적어도 공간이 풍성해 보인
다. 다른 식물과도 잘 어울려 실내 가드닝에 빠지지 않는 식물
이다. 종류도 다양하고 키우기도 까다롭지 않아 식집사들이
선호한다. 잎이 독특해서 집안 어느 곳에 두어도 멋진 포인트
가 된다.

푸레리스고사리는 철사 같은 긴 줄기 끝에서 잎이 위를 향
해 하늘거리는 모습이 참 예쁘다. 특히 잎의 한가운데서 가장
자리로 점점 진해지는 연둣빛 그라데이션 색감이 아름답다.
주로 화분에 포인트 식물로 활용하지만, 우리 집 베란다에서
는 단독 식물로 당당하게 존재감을 내뿜고 있다.

가끔 진한 커피를 홀짝이며 오후의 도망가는 햇살 끝을

밟고 베란다를 휘휘 둘러본다. 화분 하나를 가득 채운 푸테리스고사리와 눈이 마주친다. 행복이 바로 거기 있다.

Kang's 스타일링

✳ '사랑스러움'이라는 꽃말을 가지고 있는 푸테리스고사리. '큰 봉의 꼬리'라는 이름으로도 알려져 있다. 아기가 손을 활짝 편 것 같은 잎이 독특하다. 사무기기에서 나오는 화학물질을 제거해 주는 기능이 탁월하여 공기정화식물로 최고다. 물을 좋아하므로 화분의 흙이 마르지 않도록 촉촉하게 관리한다. 베란다 창 쪽이나 거실 밝은 곳 등 어느 곳에서나 잘 자란다. 갈변한 잎이나 시든 잎이 종종 나타날 수 있지만, 식물의 자연스러운 현상이니 잘라내면 된다.

사랑의 초록 동그라미
필레아 페페로미오데스

친구들과 모임이 있는 날은 언제나 즐겁다. 지난 주말에도 옷장에서 가장 예쁜 옷을 꺼내 입었다. 보고 싶은 얼굴들을 오랜만에 보기로 했던 터라 잔뜩 설렜다. 약속 장소에 일부러 일찍 도착했는데, 친구들은 벌써 나와 수다 삼매경에 빠져있다. 한 친구가 백일이 갓 지난 조카를 데리고 나왔다. 아기는 친구들 사이에서 이미 스타가 되어있다. 나도 아기를 안아보았다. 아기의 귀여운 얼굴을 보는 순간 필레아 페페가 떠오른다. 아기의 동그란 얼굴이 필레아 페페의 잎과 닮은 것 같다. 아니 필레아 페페의 동그란 이파리가 아기 얼굴을 닮은 것 같기도 하다. '아! 이쯤 되면 난 식물에 미쳤구나! 방실방실 웃고

나는 오늘도 식물과 열애 중

있는 아기의 얼굴에서 필레아 페페를 보다니!' 머리를 스치는 생각에 살짝 웃음을 흘렸다.

주말 아침이면 남편이 준비해 주는 브런치를 베란다 정원에서 즐겨 먹는다. 질은 커피 향을 음미하면서 식물이 내뿜는 싱그러움에 취해 한 주간의 피로를 씻고 여유를 만끽한다. 그 시간이 더없이 행복하다. 그때 눈에 들어오는 식물이 있다. 동그란 잎이 아기의 보드라운 볼을 연상하게 하는 필레아 페페이다. 페페는 마치 내 옆에서 자신을 봐 달라고 아양을 떠는 것처럼 연한 이파리를 살랑살랑 흔든다. 그 사랑스러운 모습에 눈길을 거둘 수가 없다. 고개를 앞뒤로 흔들며 "오구 오구" 하며 함박웃음을 짓는다.

필레아 페페의 본명은 필레아 페페로미오데스이다. 보통은 필레아 또는 페페라고 부른다. 한때 동전 같은 잎 모양으로 SNS에서 유명세를 떨치던 식물이었다. 필레아 페페의 원산지는 중국 남부의 고산지역인 윈난성과 쓰촨성이다. 1945년 노르웨이 출신 선교사가 중국에서 가지고 나왔다. 그는 집에서 필레아 페페를 번식시켜 아기 필레아가 생길 때마다 이웃에게 나눠 주었다고 한다. 결국 필레아는 유럽 곳곳에 퍼지게 되었

고, 1984년 영국의 큐왕립식물원 책자에 소개되었다.

필레아 페페가 이렇게 퍼질 수 있었던 것은 다산의 여왕이라고 불릴 정도로 번식력이 왕성하기 때문이다. 줄기에서 새로운 잎의 자구가 잘 나오는 식물이다. 새로운 자구를 분리해 화분에 심거나 물에 담가두면 잘 자란다.

잎이 도톰한 필레아 페페로미오데스는 몬스테라와 마찬가지로 잎에 물을 보관해 놓기 때문에 물이 부족해도 민감하게 반응하지 않는다. 어쩌면 빛과 물 주기가 부족한 베란다 정원에서 키우기 좋은 식물이다. 흙이 바싹 말라 있어도 물만 듬뿍 주면 배고파 칭얼대다 엄마 젖을 물리면 언제 그랬냐는 듯 해맑게 웃는 아기의 얼굴처럼 잎이 반짝인다.

✽ '행운이 함께하는 사랑'이라는 꽃말을 가지고 있는 필레아 페페로미 오데스는 흙이 완전히 말랐을 때 물을 듬뿍 주면 된다. 필레아를 키우는 기쁨 가운데 하나는 아기 필레아이다. 줄기에서 새로운 자구를 잘 내는 식물이라 이를 두고 '출산드라'라는 별명이 붙기도 했다. 직사광선을 피하고 빛이 부족한 베란다 안쪽이나 거실창쪽에서 잘 자란다. 잎에 자주 분무하여 공기 중 습도를 올려주면 더욱 건강하게 자란다. 밤에 산소를 배출하는 공기정화식물로 관리가 쉬워 식물 키우기 초보자도 도전해 볼 수 있다.

나는 오늘도 식물과 열애 중

3

귀여운 사랑
하트호야

화원 쇼핑을 하던 중 하트 모양의 이파리 하나가 작고 빨간 화분에 앙증맞게 꽂혀 있는 것을 보았다. 귀여운 사랑 하나가 그 작은 화분에 자라고 있는 듯하다. 하트호야다. "어머나!" 탄성과 함께 한 장짜리 하트호야에 가드너가 쏜 사랑의 화살이 꽂혔다. 아니, 가드너의 가슴에 하트호야가 꽂혔다.

매일 하트호야를 보는 재미에 빠져 지냈다. 은근히 사랑의 새싹이 또 나오길 기다렸다. 그러나 2년이 훌쩍 지났건만 하트호야는 더 자라지 않고 처음 그대로의 모습으로 가드너의 애간장만 태운다. 알고 보니, 한 장짜리 잎에는 생장점이 없어

더 이상 자라지도, 번식하지도 못한다고 한다.

하트 잎이 다닥다닥 달린 하트호야 한 개를 파는 것보다
그 잎을 한 장씩 따서 작은 화분에 꽂아 파는 것이 이익이다

　　　　　　　　　　　나는 오늘도 식물과 열애 중

 보니 이런 한 장짜리 잎이 일부 화원에 돌아다닌다고 한다. 수형 좋은 하트호야가 분명히 있을 테지만, 본 적이 없어 그림이 그려지지 않는다. 가드너의 하트호야도 그 모습 그대로 있다가 초록별이 되어 버릴 것이다. 아쉽고, 안타깝고, 속상하다.

얼마 후 한 화원에서 줄기를 제대로 갖추고 수형도 멋지게 만들어진 하트호야를 발견했다. 하트의 잎도 여러 장이 줄지어 붙어있다. "앗! 하트호야!" 눈이 번쩍 뜨였다. 행여 다른 사람이 가져갈까 봐 그 화분을 얼른 품에 안았다.

하트호야는 가드너의 최애 식물이 되었다. 사랑하면 잠을 이루지 못한다고 했던가. 그날 밤부터 여러 날 밤잠을 설쳤다. 자다가 벌떡 일어나 살금살금 베란다로 나가 스마트폰 라이트를 켜고 하트호야를 바라보고 또 바라봤다. 그야말로 한밤의 사랑놀이다.

'하트호야'의 원래 이름은 호야케리이다. 보통 하트호야라고 부른다. 3년에서 5년 정도 정성스럽게 키우면 꽃을 피운다.

호야꽃은 달콤한 향이 나고 작은 별을 연결해 놓은 것처럼 아름답다. 마치 웨딩드레스를 입은 신부가 손에 부케를 든 것 같은 모습을 연상하게 한다.

꽃말은 '귀여운 사랑'이다. 꽃말처럼 커플끼리 주고받는 선물로 좋다. 유럽에서는 이미 밸런타인데이나 화이트데이에 커플들이 주고받는 선물 중 하나이다. 사랑스러움의 끝판왕! 미

나는 오늘도 식물과 열애 중

국에서는 '행운의 하트(lucky-heart)'라고도 한다.

✻ 환기가 잘되는 곳, 햇빛이 밝은 곳에 키운다. 뿌리는 건조하게 키우고, 이파리는 습기를 위해 자주 분무해 준다. 습도가 높으면 더 예뻐진다. 도톰하고 물기 머금은 듯 특이한 이파리로 물 관리가 쉽다. 그냥 두고 보기만 해도 예쁜 식물이다.

나는 오늘도 식물과 열애 중

당신과 함께하고 싶어요
크테난테 아마그리스

하루의 시작을 베란다 정원에서 시작한다. 식물 수가 늘어
갈수록, 초록이 채워질수록 가드닝이 즐겁다. 행여 식물이 마
를세라 제때 물을 주고, 양분이 부족할세라 흙과 거름을 보충
해 주는 일, 어쩌다 말라버린 낙엽을 떼주고, 통풍을 위해 창
문을 열어놓는 일 등 가드너로 식물을 돌보는 것 자체가 일상
의 낙이다. 삭막한 도시 생활에서 그만한 힐링이 없다.

식물은 주로 외출해서 화원 쇼핑을 통해, 혹은 여행지에
서 특이한 식물을 보았을 때 기념품 대신 품에 안고 들어온다.
혹은 친구나 지인한테서 분양받기도 한다. 가드너의 베란다

정원은 이처럼 여러 경로로 다양한 종류의 식물 가족이 늘어
난다. 그중 관엽식물은 각양각색의 이파리만으로도 존재감이
크다. 게다가 가드너에게 눈 호강까지 시켜준다.

　칼라데아 크레난테 아마그리스를 하나 키우기 시작했다.
크레난테 아마그리스라고도 부른다. 이 식물은 한때 희귀식
물에 속하여 몸값이 대단히 비쌌다. 다행히 지금은 가드너도
하나 키울 만큼 착한 값이 되었다. 크레난테 아마그리스의 연
한 초록 잎은 선명한 잎맥이 마치 어느 화가가 세필 붓으로 힘
주어 그린 듯하다. 새순은 줄기 사이를 비집고 돌돌 말려서
올라온다. 그 모습에 반해 "안녕! 어서 나와."라고 반갑게 맞
이한다. 이때 말린 잎 사이로 자주색이 비친다. 잎의 뒷면이

　　　　　　　　　　　　　　　나는 오늘도 식물과 열애 중

다. 잎이 자라서 활짝 펴지면 앞면의 연두색과 뒷면의 자주색이 묘하게 조화를 이루며 귀족적 자태를 보여준다.

크레난테 아마그리스 잎은 두 모습을 보여준다. 낮에는 잎이 하늘을 향해 손바닥을 펴듯 활짝 폈다가 밤에는 기도하듯 잎을 위로 세운다. 식물도 낮과 밤을 구분하는 것인가? 낮에는 햇빛과 바람을 받아들이기 위해 잎을 활짝 벌렸다가 밤에는 휴식을 위해 잎을 접는다. 자연의 이치를 식물에서 배운다.

오늘 아침에도 가드너는 식물과 눈 맞추며 심장의 미세한 떨림을 즐긴다. '당신과 함께하고 싶어요'라는 크레난테 아마그리스의 꽃말처럼 내 마음도 같다. 이심전심이다.

Kang's 스타일링

✳ 브라질이 원산지다. 키우는 온도는 15~25도가 적정 온도이지만, 비교적 낮은 온도에서도 잘 자란다. 실내가 건조하거나 공기가 건조한 계절에는 식물의 상태를 봐가면서 물을 준다. 환경이 건조하면 잎끝이 마를 수 있으니, 공중분무를 해준다. 햇빛이 많지 않은 베란다 안쪽이나 거실의 창 쪽에서 키우면 좋다.

사랑이 다닥다닥
러브체인

어느 날 친구가 러브체인을 가지고 베란다 정원을 방문했다.

"화원에서 이 러브체인을 보니 너희 부부가 생각났어, 어쩜 너희 부부처럼 예쁘고 사랑스럽더라!"

활짝 웃는 친구에게 러브체인을 건네받아 베란다 정원의 한쪽 벽에 걸었다. 러브체인 하나 걸었을 뿐인데 베란다 정원이 가득 차 보인다.

친구는 우리 부부의 어떤 모습을 예쁘게 봤을까? 손잡고 산책하는 모습을 보았을까? 우리 부부는 손을 잘 잡는다. 밖에 나가면 거의 손을 잡고 다닌다. 남들이 보기에 애정을 과시

하는 것 같겠지만 우린 그냥 일상이다.

러브체인은 부부지간 금실이 좋으면 잘 자란다는 속설이
있다. 꽃말은 '끈끈한 사랑'이다. 잎이 사슬처럼 연결되어 있어
잘 끊어지지 않는다. 가느다란 줄기에 하트모양의 잎이 두 장
씩 사이좋게 마주나있다. 마치 사이좋은 부부가 마주 보고 있
는 것 같다.

친구가 사준 러브체인이 1미터가 넘었다. 러브체인이 잘 자
라는 모습은 풍성한 이파리를 늘어뜨리는 길이로 알 수 있다.
베란다 정원에서 다른 소품들과도 잘 어울려 오브제 노릇을
톡톡히 하고 있다. 또 줄기를 따라 수북해진 잎이 허전했던 베

　　　　　　　　　　　　　나는 오늘도 식물과 열애 중

란다 벽에 생기를 준다. 인테리어 포인트 효과로도 만점이다.

분홍빛과 보랏빛 꽃도 핀다. 아주 작아서 자세히 봐야 볼 수 있는 꽃은 트럼펫 모양을 하고 있다. 꽃이 작은 이유는 '사랑의 눈'으로 오래 바라보라는 의미인 것 같다. 꽃에서는 은은한 향기가 난다. 코끝을 스치는 향기에 취해 러브체인을 쓰다듬어 본다. 길게 늘어진 잎사귀마다 사랑이 다닥다닥 붙어 있다.

Kang's 스타일링

✽ 러브체인은 다육식물이며 덩이뿌리(물 저장뿌리)로 되어있다. 건조에 강하여 물주는 간격을 넓게 두는 것이 좋고, 물을 줄 때는 흠뻑 준다. 베란다 정원이나 밝은 빛이 있는 거실에서 잘 자라며, 통풍이 잘되게 한다. 한여름의 뜨거운 햇빛과 직사광선은 피한다. 줄기를 삽목하거나 구근으로 번식할 수 있으며, 물꽂이도 가능하다.

나는 오늘도 식물과 열애 중

▌6▐

매일 한 송이 꽃으로 피어
일일초

한 아름의 꽃이 걸어 들어온다. 현관에서 거실을 거쳐 베란다 정원까지 꽃의 움직임을 말없이 지켜본다. 꽃이 말한다. "당신에게 주는 선물이야!" 꽃 뒤에서 웬 남자가 익숙한 얼굴을 불쑥 내민다. "어머나!" 깜짝 놀라 바라본 그의 얼굴이 핑크빛이다.

남편은 내게 꽃 선물을 해본 적이 없다. 달달한 애정 표현에 서툰 전형적인 한국의 중년 남자다. 아내에게 꽃을 선물한다는 것은 애당초 그의 인생 사전에는 없는 듯했다. 그런 사람이 커다란 화분을 들고 성큼성큼 집안으로 걸어 들어왔다. 핑

크빛 꽃이 활짝 피어 있는 일일초를 품에 안고서.

"웬 꽃이에요?"

놀라움과 기쁨이 잔뜩 섞인 목소리로 물었다.

"응. K가 당신 주라고 보냈어."

K는 남편의 직장 동료다. 꽃을 좋아하는 아내에게 갖다 주라고 했단다. 그러면 그렇지. 아내를 위해 꽃을 살 리가 없다는 사실을 확인하는 순간이다. 서운함보다 얼떨결에 꽃 화분을 받아 든 남편의 얼굴이 떠올랐다. 푸훗! 웃음이 나왔다. 남편은 그런 사람이다.

"당신을 위해서 샀어."라고 말하면 세상이 무너지기라도 할까? 그나마 현관 초인종을 누르지 않고 조용히 집으로 들어온 것은 집에서 식물과 함께 지내는 아내를 배려하는 마음

　　　　　　　　　　　　　나는 오늘도 식물과 열애 중

이었을 것이다. 혹시나 쉬고 있을 아내의 시간을 방해하지 않겠다는.

일일초는 매일 한 송이씩 새로운 꽃이 피어 지어진 이름이다. 하루초라고도 부른다. 작지만 단단해 보이는 타원형의 이파리에 강한 생명력을 느낀다. 꽃은 다섯 장으로 갈라져서 핀다. 핑크빛 일일초가 부드러운 아름다움이 있다면, 꽃 중앙에 핑크 점이 찍힌 하얀색 일일초는 단아하고 선명한 아름다움이 느껴진다. 이외에도 붉은색, 보라색 등 다양한 색깔이 있다. 베란다 정원에서 색깔별로 키우면 풍성하고 화려한 생기를 느낄 수 있다.

Kang's 스타일링

✳ '즐거운 추억, 우정, 사랑'이라는 꽃말을 가지고 있다. 고온다습한 여름 날씨에 잘 견딘다. 베란다 창가 쪽 햇빛이 많은 곳에서 기르는 것이 좋다. 물을 좋아하는 식물이다. 7월에서 9월에 꽃이 핀다. 잘 키우면 1년 내내 꽃을 볼 수 있다.

나는 오늘도 식물과 열애 중

7

마음 다스리기
피토니아

날씨 탓인가? 나이 탓인가? 몸도 나른하고 매사 의욕이 없다. '내 마음 나도 몰라!' 속으로 외치며 이 순간, 이 상황에서 벗어나고 싶다. 처리해야 할 몇 가지 일을 취소했다. 일보다 마음 다스리기가 먼저다.

'그래! 나만의 베란다 정원이 있지.' 아무도 침범하지 않는 나만의 공간인 베란다 정원으로 나가 소파에 몸을 묻었다. 식물멍을 한다. 식물 하나하나를 그저 바라본다. 큰 화분부터 화단에 심은 키 작은 꽃까지 모두 긴 눈맞춤을 한다.

화이트스타 피토니아와 레드스타 피토니아가 활짝 웃는

다. 나도 따라 웃는다.

"날씨 탓도, 나이 탓도 아니랍니다. 마음이 시키는 대로 하세요."라고 말하는 듯하다. "맞아! 마음이 문제야." 작은 소리로 대답했다. 그 순간 마음에 평화가 왔다.

피토니아는 처음 보는 순간 나의 시선을 붙잡았던 식물이다. 이파리에 그림을 그린 듯 선명한 무늬만으로도 충분히 매력적이었다. 꽃보다 아름다운 잎을 가진 피토니아는 식물 자체가 작고 앙증스러워 화단에 심었다. 당연히 가드너의 베란다 정원에서 화사함을 담당하고 있다.

꽃말은 '당신을 영원히 사랑합니다'이다. 피토니아는 이유

없이 뒤숭숭하고 불편할 때 베란다 정원의 소파에 깊숙이 앉아 바라보면 마음이 편안해진다. 마음 다스리기 좋은 식물이다.

Kang's 스타일링

✳ 과습에 약하여 겉흙이 충분히 마른 다음 물을 준다. 대신 습도가 높아야 잘 자라므로 공중습도를 높여주기 위해 매일 분무를 해준다. 음지식물로 거실이나 베란다 정원에서 잘 자란다. 웃자람을 막고 풍성하게 키우려면 가지치기를 해준다. 자른 가지는 버리지 않고 물꽂이하는데, 뿌리가 나오는 시간은 20일 정도 걸린다. 뿌리가 나오면 흙에 심어준다.

8

제비꽃 닮은
비올라꽃

봄맞이를 위해 화원에 갔다. 새로 나온 식물과 봄에 피는 꽃들을 줄줄이 사 들고 왔다. 베란다 정원을 봄으로 가득 채우고 싶어서다. 봄의 화원에서는 예쁜 꽃들의 유혹을 물리치기가 어렵다. 꽃 구경을 하던 중 눈에 들어온 비올라꽃.

"이 꽃 제비꽃이에요?"
"아니요. 봄에 제일 먼저 피는 비올라꽃입니다."
'아하! 비올라꽃이 제비꽃을 닮았구나.'
나비가 날아가다 살포시 앉은 것 같은 비올라꽃이다.
'나비가 날아와 꽃이 되었나?'

　비올라꽃 향기를 맡아보았다. 코끝을 스치는 비올라꽃 향기에 그리움의 냄새가 배어있다. 어릴 적 맡았던 엄마의 분 냄새다. 엄마 얼굴을 떠올려 본다. "엄마!"하고 가만히 불러 본다. 불러 보는 것만으로도 가슴이 먹먹하다.

　중학교 1학년 때였다. 학부형총회에 참석하기 위해 엄마가 학교에 오셨다. 반가워서 엄마에게 달려가 품에 안겼다. 그때 엄마에게서 분 냄새가 났다. 엄마만의 체취였다. 그리운 그 냄새가 비올라꽃에서 난다.

　노란색 비올라꽃 1판, 연보라색 비올라꽃 1판을 베란다 정원으로 옮겨왔다. 화단에 심으려다 그냥 모종판에 있는 그대로 놓아두었다. 이렇게 작고 사랑스러운 꽃은 모여 있어야 더

　　　　　　　　　　　　나는 오늘도 식물과 열애 중

예쁘다. 베란다 정원이 노오란 봄옷을 입었다. 연보라색 옷도 입었다. 비올라꽃 하나를 손바닥에 가만히 올려본다. 내 손바닥에도 봄이 앉았다.

Kang's 스타일링

✽ 비올라꽃의 꽃말은 '사랑의 추억, 성실한 사랑'이다. 씨앗 뿌리는 시기는 8월~9월이다. 꽃의 개화 시기는 4월~6월이다. 베란다 정원이나 거실에서 잘 자란다. 겨울에도 온도만 잘 맞으면 꽃이 핀다.

9

포기하지 않는 마음
고려담쟁이

한여름에는 싱그러운 진초록 잎으로, 가을에는 붉게 물든 단풍잎으로 베란다 정원의 벽을 타고 오르는 고려담쟁이. 겨울이 되어 잎은 다 떨어져 없어졌다. 뼈만 남은 듯 앙상한 가지만이 벽에 붙어 창으로 들어오는 햇살을 받고 있다. 새봄이 오면 자연의 섭리대로 새로운 싹을 내고 벽이나 담장 어디든지 올라가겠지.

도종환 님의 '담쟁이' 시가 떠오른다.

담쟁이

도종환

저것은 벽
어쩔 수 없는 벽이라고 우리가 느낄 때
그때

나는 오늘도 식물과 열애 중

담쟁이는 말없이 그 벽을 오른다.

물 한 방울 없고 씨앗 한 톨 살아남을 수 없는
저것은 절망의 벽이라고 말할 때
담쟁이는 서두르지 않고 앞으로 나아간다.

한 뼘이라도 꼭 여럿이 함께 손을 잡고 올라간다
푸르게 절망을 다 덮을 때까지
바로 그 절망을 잡고 놓지 않는다.

저것은 넘을 수 없는 벽이라고 고개를 떨구고 있을 때
담쟁이 잎 하나는 담쟁이 잎 수천 개를 이끌고
결국 그 벽을 넘는다.

　　세 번째의 20대를 멋지게 맞이하기 위해 글을 쓰기로 했
다. 평생교육원 글쓰기 과정에 등록했다. 글쓰기 초보로서 각
오를 단단히 했다. 하지만 다른 수강생들은 이미 등단했거나
오랫동안 글을 써온 사람이 대부분이었다. 가드너는 글쓰기
초보자로 그 사람들의 보이지 않는 위세가 버거웠다. 아마 자
격지심이리라.

글을 쓰고자 했던 각오가 서서히 무너지려고 할 때 베란다 정원 한쪽에서 작은 잎을 달고 줄기를 뻗어가는 고려담쟁이를 보았다. '맞아, 처음에는 다 그런 거야. 담쟁이처럼 서두르지 않고 천천히 나아가는 거야.' 스스로 위로하면서 연필과 노트를 다시 꺼내 책상에 펼쳐놓았다.

담쟁이는 가드너에게 포기하지 않는 마음을 심어주었다. 한 글자씩 천천히 노트를 메우며 혼자의 시간을 배운다. 아직 붙어있는 담쟁이 잎 몇 개를 바라보면서. "마지막 잎새"처럼 희망의 담쟁이 잎이다.

Kang's 스타일링

✽ '우정'이라는 꽃말을 가지고 있는 고려담쟁이는 담쟁이 중에서 단풍이 가장 아름답다. 담쟁이덩굴은 줄기에 빨판처럼 다른 물체에 잘 달라붙는 원반 모양 흡착근이 있다. 키우기 쉬우며, 흙이 말랐을 때 충분하게 물을 준다. 기온이 내려가면 잎이 점점 더 붉어진다.

나는 오늘도 식물과 열애 중

10

잘 키우겠습니다
테이블야자

"엄마!"

그립고 반가운 딸이 달려와 품에 안겼다. 눈물이 그렁그렁 맺힌다.

"오시느라 고생하셨습니다."

늠름한 사위도 남편과 악수를 한다.

샌프란시스코에 도착하여 딸과 사위를 보는 순간, 11시간 비행의 피곤함이 싹 사라졌다. 출발할 때의 두통도 씻은 듯이 나았다. 새 피를 수혈받은 듯 몸의 에너지가 샘솟고 활력이 넘친다. 이번 여행에서는 미국에서 결혼생활을 하는 딸의 소소한 일상을 함께 보고, 느끼고, 추억으로 담아가고자 한다.

다시 한 시간여를 달려 딸 집에 도착했다. 짐을 풀고 우리

나는 오늘도 식물과 열애 중

넷은 동네 구경에 나섰다. 딸이 사는 지역은 샌프란시스코의 대도시를 벗어난 계획도시답게 굵직한 상가들이 즐비하다. 식물원이 눈에 띄었다. '여기가 아무리 미국 땅이어도 식물원은 그냥 지나치지 못하지.' 누가 먼저랄 것도 없이 우리는 동시에 식물원 안으로 들어섰다. 다양한 식물과 재배 관련 용품들이 가득해서 나이도 잊고 한껏 들떴다.

딸과 사위에게 식물을 하나씩 고르라고 했다. 재택근무가 많은 딸과 사위를 위해 책상 위에 초록이 하나씩 놓아주고 싶었다. 딸은 나비란에, 사위는 테이블야자에 관심을 보였다. 나비란은 동양란의 사촌쯤 되는 듯하다. 잎 가장자리에 흰 테두리가 있는 게 묘하게 단조로움을 숨기고 있다. 나름 우아함도 지니고 있다. 특히 사위를 위한 테이블야자는 작은 열대식물이다. 하나씩 갈라진 이파리마다 은은한 광택이 돌고 새털처럼 부드러워 보인다.

집으로 돌아와 나비란은 딸의 책상 위에, 테이블야자는 사위가 사용하는 컴퓨터 옆에 놓았다. 회사 서류로 꽉 찬 책상에 초록 식물이 놓임으로써 작은 여유가 보인다. "방에 생기가 돕니다." 사위의 말에 남편이 등을 토닥여 주었다.

딸 부부의 일상에 식물을 들여주고 싶은 엄마의 마음이 통했을까? 이번 미국 방문 중에 딸 부부와 많은 이야기를 나눴다. 딸은 엄마를 배려해 식물을 주제로 이야기를 풀어놓았다. 가까이에서 나누지 못한 부모와 자식 간의 사랑을 확인이라도 하듯 이야기는 밤새 우리 사이를 바쁘게 오갔다. 오롯이 행복만을 느끼던 그 순간, '시간이 멈췄으면 좋겠어.' 막연한 바람 하나가 머릿속을 휘젓고 지나갔다.

만남이 절절한 것은 이별이 기다리고 있기 때문이다. 돌아오는 날 아쉬움을 다 내려놓지 못해 발걸음이 떨어지지 않았다. 억지로 뒤돌아서 탑승장으로 향했다. 그때 등 뒤에서 사위가 큰 소리로 외쳤다. "잘 키우겠습니다!" 뒤돌아보았다. "테이블야자요!" 손을 흔들고 있는 사위와 딸이 활짝 웃고 있다.

Kang's 스타일링

✽ '마음의 평화'라는 꽃말을 가지고 있는 테이블 야자는 독성이 없어 인기가 많다. 미세먼지를 정화해 준다. 키우기 쉬우며 베란다에서 잘 자란다. 공기 중 수분을 방출하는 능력도 뛰어나 건조한 실내에 좋은 식물이다. 키우다 보면 잎이 말라 노랗게 되는 잎들이 있다. 자주 일어나는 현상이며 갈변한 잎은 아랫부분을 잘라준다.

나는 오늘도 식물과 열애 중

11

불타는 사랑

안시리움

　　매년 2월 14일은 밸런타인데이다. 사랑과 우정의 날로, 특히 여성이 남자친구에게 초콜릿을 선물하며 사랑을 고백하는 날이다. 유래는 3세기(269년)로 거슬러 올라간다. 당시 결혼은 황제의 허락이 있어야 가능했다. 발렌티누스는 서로 사랑하는 젊은이들을 황제의 허락 없이 결혼시켜 준 죄로 순교한 사제의 이름이다. 그가 순교한 뒤 이날을 축일로 정하고 해마다 그를 기리는 날로 전해지고 있다. 바로 밸런타인데이다. 이날은 여자가 평소 좋아했던 남자에게 사랑을 고백한다. 사랑을 전하는 매개체가 초콜릿이다. 최근에는 초콜릿 이외에도 자기만의 개성적인 선물을 준비하기도 한다.

　　그리고 한 달 후 3월 14일은 화이트데이다. 남자가 좋아하는 여자에게 사랑을 선물하며 자신의 마음을 전하는 날이다.

　　　　　　　　　　　　　　　나는 오늘도 식물과 열애 중

연인들 사이에서 남자가 밸런타인데이에 받은 선물을 답례하는 날이다. 한편 밸런타인데이에 사랑을 고백한 여자의 마음을 남자가 받아들일 것인지 아닌지를 결정하기도 한다. 마음을 받아들일 경우라면 사탕을 선물하지만, 그렇지 않다면 그냥 지나친다.

미국에서는 밸런타인데이에 초콜릿도 선물하지만, 꽃 선물을 많이 한다. 지난 2월 미국 여행 중 딸이 살고 있는 동네 마트를 방문했다. 식물 코너에서는 벌써 밸런타인데이를 준비하는 풍경이 이색적이었다. 하트 모양의 풍선과 리본으로 장식한 화분과 꽃들이 마치 축제를 준비하는 것처럼 화려했다. 꽃을 고르는 사람들의 얼굴도 하나같이 행복해 보였다. 그때 눈에 들어온 식물 하나가 있었다. 안시리움이다.

빛나는 빨간 하트 모양의 잎이 더 강렬하다. 보는 순간 정열적인 사랑에 이끌리듯 눈을 뗄 수가 없다. 사랑의 꽃 선물로 인기 순위 1위를 지키고 있는 것이 이해된다. 바로 한 개를 집어 딸 품에 안겼다. "엄마의 사랑이야!" 딸의 얼굴이 안시리움의 빨간 잎보다 더 붉어졌다.

사람들은 안시리움의 빨간 잎을 꽃으로 알고 있다. 그것은 꽃이 아니라 불염포다. 불염포는 꽃을 완전히 감싸는 커다란 변형 잎을 말한다. 이 잎이 어린 꽃을 보호하고 번식의 매개체인 곤충들을 유혹한다. 빨간 잎을 자세히 들여다보면 작은 원통형의 화촉이 있다. 이게 진짜 꽃이다. 작고 노란 꽃들이 다글다글 붙어있다.

밸런타인데이에 불타는 사랑을 전하고 싶다면 안시리움이 적격이다.

Kang's 스타일링

✽ '순박함, 신비로움, 꾸미지 않는 성격'이라는 꽃말을 가지고 있다. 잎에서 음이온을 방출하여 일산화탄소와 암모니아 가스를 제거해 준다. 식물 전체에 옥살산칼륨의 독성이 있어 어린아이나 반려동물은 주의해야 한다. 베란다와 거실에서 잘 자란다. 직사광선은 피하되 밝은 곳에 둔다. 높은 습도를 유지해야 하므로 분무를 자주 해준다.

나는 오늘도 식물과 열애 중

제2장

식물의 매력에 빠지다

1

가냘파서 강인한

마오리 소포라

전망 좋은 집. 햇빛 가득한 남향집. 조용하고 적당한 층고. 가드너가 원하는 집이다. 아이들이 고등학교에 진학하면서 이런 조건에 딱 맞는 집으로 이사했다.

넓은 베란다에 행운목, 아라우카리아, 떡갈잎고무나무 등 식물을 채우기 시작했다. 전망 좋은 집에 채워진 식물들은 베란다 창 너머 하늘과 조화를 이루고, 바람이 잘 통하고 햇빛 좋은 남향집의 장점을 이용해 무럭무럭 자라준다. 특히 겨울에는 베란다 안쪽 깊숙이 빛이 들어오고, 여름에는 베란다 끝에서 잠깐 머물기 때문에 식물 키우기에 최적이다. 가드너 역시 11층이라는 적당히 높은 집에서 조용히 식물과 대화하며

나는 오늘도 식물과 열애 중

책 읽고 명상하는 홀로의 시간을 즐긴다. 홀로여서 더 시간의 밀도를 느낀다.

가드너의 베란다 정원에는 인테리어 잡지에 자주 나오는 멋진 뉴질랜드 출신 식물이 있다. 뉴질랜드의 마오리족처럼 강인하다고 해서 마오리 소포라로 부른다. 작은 잎과 가냘프고 연약해 보이는 줄기를 보면 강인함과는 거리가 멀게 느껴지지만. 햇빛과 바람을 좋아하는 식물로 베란다 정원에서 잘 자란다.

마오리 소포라는 지그재그 모양의 금빛 가지마다 작고 깜찍한 잎이 달려있다. 어떻게 하면 저렇게 작은 잎을 달고 있을까 신기하다. 아카시아 잎을 축소해 놓은 듯 동글동글한 모습은 꼭 조화 같기도 하다. 가냘프고 조그마한 이파리에서 늦은 봄에는 앵무새의 부리를 닮은 노란 꽃망울이 달린다. 가느다란 가지에 이파리를 달고 꽃도 피우는 마오리 소포라. 가히 가냘파서 더 강한 생명력을 느낀다.

이 식물을 처음 알게 된 것은 베란다 정원에서 해지는 줄 모르고 식물과 눈맞춤을 하던 시기였다. 식물 생각만으로 충만한 날들을 보내다가 우연히 식물잡지를 뒤적이던 중 여백의 미를 느끼게 해주는 식물 사진 한 장을 발견했다. 그 사진을

나는 오늘도 식물과 열애 중

보는 순간, 식물은 대가 튼실하고 잎이 풍성해야 한다는 고정 관념이 한순간에 날아갔다. 그 이름은 마오리 소포라. 고민의 여지 없이 가드너의 베란다 식구로 만들었다.

가끔 베란다 정원에서 식물 감상을 한다. 손바닥으로 얼굴을 괴고 마오리 소포라에 집중한다. 그 오묘한 아름다움에 잠시 넋을 잃는다. 베란다 정원에서 보내는 행복한 시간이다.

Kang's 스타일링

> ✽ 꽃말은 '황제의 꽃'이다. 비옥한 토양보다 거름기 없는 거친 토양에서 잘 자라는 편이다. 봄에 알갱이 비료를 화분 위에 올려주는 것으로 충분하다. 베란다 정원의 창 쪽에 자리하고 있다. 추위에도 강한 편이라 겨울에도 베란다 정원에서 새잎을 뾰족뾰족 잘 낸다. 빈티지 인테리어에 잘 어울린다.

갈라짐은 자생의 의미

몬스테라

가드너의 베란다 정원에는 300여 개의 식물이 자라고 있다. 식물이 있어 행복한 순간들을 즐기지만, 그만큼 정성과 노력이 따라야 한다. 식물도 살기 위해 호흡하고 물과 빛을 받아들이는 과정에서 각종 해충으로부터 지켜줘야 한다. 깨끗하게 씻기고 건강한 음식을 먹여 돌봐야 하는 아기처럼. 물론 사랑은 기본이다.

식물을 처음 키울 때 기르기 쉬운 식물 중 하나가 몬스테라이다. 생명력이 강하고 성장 과정이 빠르며 공기정화 식물로도 인기가 많다. 몬스테라는 넓은 이파리의 줄기 양쪽으로 갈라짐이 열 지어 생긴다. 어린잎일 때는 일반 식물의 잎과 다르지 않은데, 자라면서 갈라지고 군데군데 일부러 뚫어놓은 듯한 구멍이 생긴다. 이 갈라짐과 구멍이 몬스테라의 특징이자 멋이다.

몬스테라의 잎이 갈라지는 이유는 여러 설이 있다. 원래 열대우림에서 자랄 때 바람이 잘 통과하여 줄기가 부러지는 걸 막기 위해서였다고 한다. 또 햇빛을 직접 받기 어려운 정글 속에서 빛이 구멍을 통해 아래쪽 잎까지 골고루 다다르고, 비가 내리면 구멍을 통해 아래까지 수분을 전달하기 위한 것이라고 한다. 스스로 터득한 생존전략이 아닐 수 없다. 역시 자연

은 위대하다.

몬스테라의 구멍 나고 갈라진 잎은 또 그대로 독특함이 있다. 관상용으로도 자체의 매력이 있다. 갈라진 상태에서 잎 모양 전체가 정교한 하트모양을 만들어 내 플랜테리어로도 인기가 좋다. 이 잎이 바람에 출렁이는 모습은 마치 춤을 추는 것 같기도 하다.

가드너의 베란다 정원에 몬스테라를 키우기 시작한 지 2

나는 오늘도 식물과 열애 중

개월 정도 지났을 때다. 잎에 누런 반점이 생기고 시들해졌다. 수분이 부족한가 싶어서 물을 보충해 줬다. 그러나 몬스테라는 자꾸 아래로 쳐져만 갔다. 잎의 앞뒷면을 자세히 살펴보았다. 검은색 '응애'라 불리는 해충이 잔뜩 붙어있었다. 곧장 물티슈로 닦아내고 천연살충제를 뿌렸다. 그러나 응애는 생명력이 더 길었다. 결국 다른 식물로 옮겨가기 전에 특단의 조치를 취해야 했다. 강전정이다.

결국 몬스테라는 줄기만 남았다. 멋진 잎들이 사라진 몬스테라는 정체 모를 식물이 되었다. 과연 줄기 사이를 비집고 새로운 이파리를 내밀지 걱정이 앞섰다. 하지만 식물 초보가 키울 정도로 생명력 좋고 잘 자라는 식물이니, 분명 새잎이 나올 것을 믿었다. 가드너가 할 일은 기다림이었다.

Kang's 스타일링

✻ 꽃말이 '괴기함'이다. 잎이 찢어지는 데서 나온 말인 것 같다. 덩굴식물인 몬스테라는 통풍이 부족하면 해충이 생길 가능성이 높다. 몬스테라가 크게 자라면 가지를 잘라 물에 꽂아 놓으면 뿌리가 잘 내려 번식이 가능하다. 자른 줄기에는 독성이 있어 반려동물이나 어린아이들은 주의해야한다. 기근이 화분 밖으로 자라는 것을 즐길 수 있다.

3

카페 분위기를 내고 싶다면
자엽아카시아

유년 시절 동네 신작로 양옆으로 커다란 아카시아나무가 줄지어 있었다. 5월이면 마을을 덮은 달콤한 아카시아 꽃향기를 취하도록 마셨다. 아카시아나무는 우리에게 많은 것을 내주었다. 아이들은 아카시아 꽃송이를 손에 들고 포도를 따먹듯 아카시아 꽃을 따먹었다. 친구와 가위바위보를 해서 이긴 사람이 마주난 이파리 하나씩을 손가락으로 튕겨내는 게임도 즐겼다. 여자아이들은 잎을 따낸 줄기로 서로의 머리카락을 돌돌 말아 올려 파마를 했다. 이토록 추억을 소환해 주는 나무는 아카시아나무가 아니라 '아까시나무'였다.

　얼마 전 남편과 함께 들른 카페에서 아카시아를 처음 보았다. 잎이 신경초처럼 생겼다. 이파리에 하얀 서리가 살짝 내린 듯 오묘한 느낌을 주는 식물이 신기해서 만져보느라 자리를 떠나지 못했다. 이후 전주 정원박람회에서 아카시아를 다시 발견했다. 오랜만에 친구를 만난 듯 반가웠다. 그리고 이 새로운 느낌의 아카시아를 망설임 없이 품에 안았다. 자엽아카시아라고 한다. 알고 보니 한두 해 전부터 플랜테리어용으로 SNS에서 핫하게 떠오르는 식물이란다. 키가 크고 실내에서도 잘 자라 카페 분위기를 내는 데 한몫을 한다.

　자엽아카시아는 호주가 원산지다. 키가 크게 자라고 잎이 부드러워 늘어지고 휘어지는 수형으로 곡선미가 관상의 포인

　　　　　　　　　나는 오늘도 식물과 열애 중

르다. 3월에서 5월에는 노랑꽃이 피는데 향기가 좋다. 초록빛이 도는 은회색의 잎이 햇빛을 받으면 끝부분이 붉은 자주색으로 변한다. 아파트 베란다 정원에서는 빛의 한계가 있다. 그렇다고 포기할 가드너가 아니다. 햇빛을 많이 받을 수 있도록 베란다 정원의 창가 쪽으로 화분을 바짝 붙여놓고 줄기와 잎이 창밖으로 나가 햇빛을 흠뻑 받을 수 있도록 해주었다. 한 달 정도 지나자 줄기 끝부분의 잎이 붉은 자주색으로 변했다. 햇빛을 받아 은은하게 감도는 자주색이 곱다. 역시 식물은 햇빛 앞에서 정직하다.

친구에게 전화를 걸었다.

"우리 카페에서 커피 한잔 어때?"

"오케이!"라고 대답하는 친구는 카페 장소가 어디라고 말을 안 했어도 가드너의 베란다 정원으로 올 것이다. 가드너는 들뜬 기분으로 부지런히 커피 내릴 준비를 한다.

Kang's 스타일링

✽ 물을 좋아하는 식물이지만, 물주는 시기를 놓쳐도 바로 잎을 말리지 않는다. 물이 필요하면 잎이 약간 처지는 신호를 보내는데, 그때 물을 주면 늘어졌던 잎이 다시 탱탱해진다. 잎을 만져봤을 때 부드러움이 덜하다고 느낀다든지, 겉흙을 파보고 말랐을 때 물을 주면 된다.

4

우정과 애정의 가교
랜디제라늄

나는 오늘도 식물과 열애 중

매일 베란다 정원의 식물 사진을 SNS에 올린다. 사진을 보고 SNS 이웃이나 친구들이 '좋아요'와 댓글을 달아주면 별것 아닌 일상이 기쁘고 행복하다. 혼자의 관심을 다수가 공유하고 즐기는 느낌은 언제나 충만하기 때문이다.

오늘은 랜디제라늄 사진을 올렸다. 활짝 핀 랜디제라늄이 너무 예뻐 혼자 보기 아까웠다. 진분홍 꽃잎 중심에 검붉은 색이 있는 랜디제라늄은 가히 고혹적이다. 꽃잎 가장자리를 화이트로 은은하게 두르고 있는 선은 그 자태를 완성한다고 할까. 볼수록 빠져들 수밖에 없는 꽃이다.

랜디제라늄 사진을 본 P가 댓글을 달았다.

"언니, 너무 예뻐요, 집에 꽃구경 가고 싶어요."

P는 아이가 고등학교 다닐 때 같은 반 학부형으로 인연을 맺었다. 일주일에 한 번씩 아이들 간식을 준비하면서 친해졌다. 아이들이 졸업한 후에도 매달 만남을 이어오면서 우정을 다졌다. 그러는 사이 10여 년이 흘렀고, 서로의 삶에 집중하다 보니 연락이 뜸해졌다. 자연히 서로의 존재를 마음으로만 기억하게 되었다. 그런데 SNS에 올린 랜디제라늄 사진을 통해서 다시 만나게 될 줄이야!

　P는 당시 자주 만났던 다른 엄마들까지 연락하는 수고를
자청했다. 몇 시간 후 P와 아는 엄마들이 가드너의 베란다 정
원에서 해후했다. 강산이 한 번 바뀔 만큼 세월이 흘렀건만,
그들은 하나도 변하지 않은 것 같았다. 갑자기 이루어진 번개
모임이라서 그들이 더 반갑고 그간의 생활이 궁금했다. 푸짐
하게 포장해 온 음식과 끊어지지 않는 대화로 베란다 정원에

나는 오늘도 식물과 열애 중

서의 만남은 봄 햇살을 가득 담은 랜디제라늄과 함께 꽉 차고 풍성했다.

랜디제라늄은 제라늄의 한 종류로, 환경만 맞춰주면 사계절 내내 환하고 아름다운 꽃을 볼 수 있다. 몸집에 비해 많은 개체의 꽃을 피운다. 꽃은 흰색, 분홍색, 주황색, 보라색으로 다양하다. 색상에 따라 부르는 이름도 조금씩 다르다. 가드너의 베란다 정원에서는 진분홍의 랜디제라늄을 키우고 있다. 랜디제라늄은 한 번 개화하면 오랫동안 피어 있어 꽃으로 감상하기 좋은 식물이다. 꽃 자체가 화사하고 풍성하여 실내인테리어로도 인기가 높다.

Kang's 스타일링

✽ '우정과 애정, 당신이 있어 행복합니다'라는 꽃말이 꽃처럼 사랑스럽다. 랜디제라늄은 자랄수록 목질화되는 것이 특징이다. 시든 꽃과 잎을 수시로 제거해 줘야 아름다운 꽃을 오래 볼 수 있다. 가을에 키가 너무 크지 않도록 전지를 해준다. 이때 자른 줄기를 물에 꽂아 뿌리를 내려 개체를 만들 수 있다.

나는 오늘도 식물과 열애 중

5

레몬향 노란꽃
애니시다

베란다 창문을 열자 바늘 끝 같던 찬바람이 서둘러 물러나고 기다렸다는 듯 살랑이며 와닿는 봄바람이 부드럽다. 이렇듯 베란다 정원은 늘 쾌적한 아파트 내부와 달리 사계의 날씨를 느낄 수 있는 공간이다. 장미앵초, 시네나리아, 애니시다 등 봄꽃들도 계절의 변화를 알린다. 그 앞에 쪼그리고 앉아 꽃송이를 어루만지는 사이 봄이 더 바짝 다가와 있다. 봄은 가드너의 등에 내려앉았다가 뺨에서 잠깐 머물고 눈앞으로 와서 아른거린다. 그 순간의 향연에 취해 무아가 된다.

문득 오래전 읽고 나서 마음이 참 따뜻해지던 황동규 시인의 문장이 생각난다.

> "사람을 있는 그대로 사랑하는 법을 배우는 데는 오랜 시간
> 이 걸린다. 자기 주위에 있는 사람들을 자기 비슷하게 만들
> 려고 애쓰는 버릇이 깊이 뿌리박혀 있기 때문이다. 상대방
> 을 자기 비슷하게 만들려고 하는 노력을 사람들은 흔히 사
> 랑 혹은 애정이라고 착각한다. 그리고 대상에 대한 애착의
> 도가 높으면 높을수록 그 착각의 도도 높아진다. 그 노력이
> 실패로 돌아가게 되면, '애정을 쏟았으나 상대방이 몰라 주
> 었다'고 한탄하는 것이다."
>
> – 〈황동규. 수필 '있는 그대로 사랑하기' 중에서〉

　어쩌면 식물 키우기도 마찬가지인 것 같다. 가드너로 그 식
물이 가지고 있는 독특함을 인정해 줄 때 식물과의 진정한 교
감이 이루어지는 게 아닐까. 하지만 일부 식물 전문가라는 타
이틀을 가진 사람조차도 식물의 비틀어진 줄기를 억지로 잡
아 반듯하게 하려고 애쓸 때가 있다. 가령 어떤 식물을 외목
대 수형으로 키우기 위해 줄기의 곁순을 모조리 제거하는 경
우가 있다. 일자로 곧게 뻗은 외목대를 만들기 위해 휘어진 부
분을 지지대로 받쳐서 억지로 펴지게 하는 것이다. 그러나 식

　　　　　　　　　　　　　나는 오늘도 식물과 열애 중

물을 꼭 예뻐 보이도록 키울 필요는 없다. 조금 틀어져도, 약간 휘어져도 그 식물이 가진 특징이자 정체성으로 인식하면 된다. 식물이 가진 존재 자체를 인정하고 사랑해 주는 마음이 가드너로서 가져야 할 덕목이 아닐지 생각해 본다. 물론 생각처럼 쉽지는 않겠지만.

막 감고 나서 수건으로 물기만 털어낸 머리처럼 산발한 애니시다를 본다. 잎줄기 사이사이 노란꽃이 흐드러지게 피어 있다. 외목대 수형을 만들기 위해 윗부분만 둥글게 남기고 가지를 다 쳐낼까 생각했다. 하지만 수형이 뒤죽박죽이어도 있

는 그대로를 예뻐해 주자고 생각해 그만두었다. 웃자라면 웃
자란 대로 가드너인 내가 예쁘게 보면 그만이다. 누군가에게
는 이상적인 모습이 아닐지언정 다양한 상황에서 적응하고 살
아남아 예쁘게 꽃을 피우지 않았는가.

'겸손과 청초'라는 꽃말을 가지고 있는 애니시다에서 레몬
향이 느껴진다. 이 봄, 애니시다가 작은 잎과 줄기 끝에 샛노란
꽃을 달고 열어놓은 창으로 들어오는 봄바람과 함께 흔들리
며 왔다. 가드너의 가슴은 또 왜 이리 두근거리는가.

나는 오늘도 식물과 열애 중

두근거려 보니 알겠다

반칠환

봄이 꽃나무를 열어젖힌 게 아니라
두근거리는 가슴이 봄을 열어젖혔구나

봄바람 불고 또 불어도
삭정이 가슴에서 꽃을 꺼낼 수 없는 건
두근거림이 없기 때문

두근거려 보니 알겠다

Kang's 스타일링

✽ 노지 월동은 안 되지만, 겨울의 추위를 겪어야 꽃눈이 형성된다. 충분한 햇빛과 물, 통풍이 필요하다. 특히 물이 부족하면 꽃눈이 생성되었어도 꽃이 피지 않는다. 꽃이 피어 있을 때는 매일 물 주기를 한다. 베란다 창쪽에서 잘 자란다.

6

레이스의 추억
아랄리아 아라리오

　계속되는 장맛비로 외출보다는 베란다 정원에서 종일 시간을 보낸다. 책을 읽고 차향을 즐기며 식물들과 시간을 나눈다. 크고 작은 식물들이 모두 엄마의 사랑을 갈구하는 아이처럼 가드너의 손길과 눈길을 한 번이라도 더 바라는 것 같다. 식물 부자인 가드너만이 누릴 수 있는 느낌이자 초록빛 일상이다. 식물을 키우고부터 식물에 대한 시선이 달라지면서 보이는 현상이다. 또 그런 시간을 즐긴다.

　베란다 정원의 많은 식물 중 가지가 층층이 뻗어 수형이 특히 아름다운 아랄리아 아라리오가 있다. 진한 녹색의 좁고

길쭉한 잎은 마치 톱니처럼 가장자리가 뾰족뾰족 갈라져 있다. 가드너는 이 갈라진 잎에서 레이스를 연상한다. 날카로운 금속 톱니가 아닌, 부드러운 레이스를 연상하는 것은 가드너의 추억이 담긴 시선 때문일까?

초등학교 입학선물로 레이스가 달린 분홍 원피스를 받았다. 얼마나 예쁘고 부드럽든지 원피스를 볼에 대보기도 하고, 원피스에 얼굴을 파묻고 행복에 젖기도 했다. 잠잘 때도 입고 잤으며, 옷이 작아지고 레이스가 헤질 때까지 입었다. 그때의 레이스 달린 원피스 사랑은 지금도 레이스를 좋아하는 이유가 되었다. 예쁜 레이스를 보면 두루마리로 사다가 치마 아랫단에 덧대서 입고 애장하는 소품에도 장식으로 붙이곤 한다.

나는 오늘도 식물과 열애 중

아랄리아 아라리오의 레이스 같은 이파리를 보면서 가드너는 분홍 레이스 달린 원피스를 입고 단발머리 소녀가 된다. "예쁘다!"라고 칭찬해 주시던 엄마의 얼굴이 떠오른다. 아랄리아 아라리오의 꽃말은 '지나간 추억'이다. 어릴 적 분홍 레이스 원피스가 생각나는 것은 꽃말 때문일 것이다. 장맛비가 세차게 쏟아지는 날, 베란다 정원에 앉아서 아랄리아 아라리오를 감상하며 어린 시절 지나간 추억에 젖어본다.

어둡고 진한 녹색의 아랄리아 아라리오는 미니멀리즘을 추구하는 사람들의 인테리어에 볼륨감을 주는 식물이다. 집 안 어디에 두어도 우아한 매력이 느껴지는 감성 식물이다. 집 안에 아랄리아 아라리오 하나 들여보자. 혹시 아는가. 가슴 깊은 곳에서 잠자고 있는 어떤 추억을 깨울지.

Kang's 스타일링

✽ 해충이 잘 생기는 식물이다. 잎을 수시로 만져보면서 끈적임이 없는지 잘 살펴보자. 벌레를 볼 때마다 물휴지나 핀셋을 이용하여 잡아준다. 통풍을 자주 시켜주고 직사광선보다 간접 광에서 키운다. 베란다 정원의 안쪽 창에서 키우는 것이 좋다. 특별한 관리 없이 통풍만 잘해주면 무난하게 잘 크는 식물이다. 뿌리 성장이 빠르지 않아 분갈이를 자주 할 필요 없다.

나는 오늘도 식물과 열애 중

7

봄의 전령사
장미앵초꽃

독일 어느 마을에 효성이 지극한 리스베스라는 소녀가 살고 있었다. 어느 해 겨울, 병으로 누워 지내는 그녀의 어머니가 앵초꽃이 보고 싶다고 했다. 겨울이라 앵초꽃이 피지 않았을 것을 알면서도 리스베스는 어머니를 위해 앵초꽃을 찾아 들판을 찾아 헤매었다. 그런 마음에 하늘이 감동했는지, 저 만큼 그녀의 눈에 한 송이 앵초꽃이 보였다. 너무 기쁜 나머지 리스베스가 다가가 앵초꽃을 꺾었다. 그때 요정이 나타나 그녀에게 말했다.

"지금 네가 꺾은 앵초꽃은 보물성의 열쇠란다. 보물성에 들어가면 네가 원하는 만큼의 보물을 가질 수 있어. 그러나 반드시 30초 안에 나와야 한다. 만약 그 안에 나오지 못하면 대문이 닫혀 다시는 나올 수 없단다."

그녀는 요정의 말을 듣고 보물을 찾으러 성으로 향했다. 요정이 알려준 대로 앵초꽃으로 문을 열고 성안으로 들어갔다. 안에는 금은보화가 가득했다. 그러나 그녀는 요정이 30초 안으로 성에서 나와야 한다는 말을 생각하고 보물 대신 성문 옆에 있는 작은 조약돌 세 개를 집어 들고 성문이 닫히기 전 성을 빠져나왔다.

그러자 그녀 앞에 요정이 다시 나타났다. "너는 지혜롭구나. 다른 사람들은 보물을 가지고 나오려다 시간이 지나가 모두 성안에 갇히고 말았는데, 네게 상을 주겠다." 요정은 이렇게 말하고 홀연히 사라졌다. 그리고 그녀가 가져온 조약돌 세 개는 보석으로 변했다. 집으로 돌아온 리스베스는 앵초꽃을 어머니에게 보여드리자 어머니의 병은 씻은 듯 나았다. 그리고 보석을 팔아 오래도록 행복하게 살았다고 한다.

– 가야, 「앵초 전설과 꽃말」, 『브런치』, 2023. 2. 1.

나는 오늘도 식물과 열애 중

　네이버를 검색하다가 찾은 앵초꽃의 전설이다. 전설은 언제 읽어도 구조가 단순하고 재미가 있다. 특히 앵초꽃 전설은 해피엔딩으로 끝나 편하게 읽을 수 있어 여기에 소개한다. 꽃에 얽힌 전설을 알면 그 꽃이 더 각별해진다고 할까? 베란다 정원의 앵초꽃이 새롭게 보인다.

　긴긴 겨울이 지나고 봄이 찾아오면서 주변의 산이나 시냇가에는 생동감이 넘친다. 겨우내 추위로 움츠리고 있었던 나무들도 겨울눈 껍질을 벗고 메마른 가지에 따뜻한 햇살을 맞이할 준비가 한창이다.

　가드너의 베란다 정원도 마찬가지다. 봄소식이 한창 들려오는 시기가 되면 식물들은 이때를 기다렸다는 듯이 먼저 꽃과 새순을 피우느라 서로 경쟁한다. 봄이 오고 있다는 것을 가장 먼저 알리는 게 앵초꽃이다. 노랑, 빨강, 주황, 분홍 등 색깔도 다양한 장미앵초가 초록의 관엽으로 가득한 베란다 정원에서 화려한 존재감을 뽐는다.

봄이라지만 베란다 정원은 아직 쌀쌀하다. 숄을 걸치고 봄의 전령사 앵초꽃을 들여다본다. 황홀할 정도로 아름답다. 이파리는 곰배 배춧잎처럼 생겼지만, 파릇파릇 돌돌 말려 피어나는 꽃봉오리가 장미를 연상시킨다. 작고 연약해 보이나 커다란 꽃송이의 장미가 부럽지 않다. 은은한 향기 또한 가드너의 발길을 붙잡는다. '행복의 열쇠'라는 꽃말처럼 그 앞에서 잠시 행복에 잠긴다.

Kang's 스타일링

✳ 더위에 약하고 물을 좋아한다. 꽃이 한창 올라올 때는 매일 물을 준다. 직사광선을 피해 베란다 안쪽에서 키운다. 시든 꽃과 잎은 바로 제거해 준다. 잘만 키운다면 여러해살이풀이니 매년 꽃을 볼 수 있다.

나는 오늘도 식물과 열애 중

존재만으로도 듬직한

올리브나무

　미세먼지로 인해 걷기를 포기하고 베란다 정원에서 식물과 눈 맞춤을 한다. 지난겨울 추위를 씩씩하게 이겨낸 식물 친구들에게 감사의 박수를 보낸다. 이런 가드너에게 가족들도 관심을 건넨다. 가끔 가족 단톡방에 그날 가드너와 교감이 활발했던 식물 사진을 찍어 올리면 큰아들이 제일 먼저 반응해준다. "엄마! 너무 예쁘네요. 우와! 멋져요!" 감탄사를 연발하고 이모티콘을 보내준다. 든든하고 대견스럽다.

나는 오늘도 식물과 열애 중

대부분의 엄마들이 그러하듯 첫 아이에 대한 사랑은 지극하다. 나 역시 남들 못지않게 아들에게 큰 사랑을 주려고 노력했다. 그러나 사랑이라는 이름으로 정도에 지나쳐 아들은 청소년 시절 많이 힘들어했던 것 같다.

예전에 초등학교 운동회에는 커다란 공을 굴리는 경기가 있다. 공이 너무 커서 돌아야 할 목표물은 물론이고 앞이 보이지 않아 다른 곳으로 굴러간다. 가드너는 그 공보다 더 큰 사랑을 아들에게 준다고 생각했다. 그러나 아들은 그런 엄마의 일방적인 커다란 사랑을 버거워했다. 가드너의 사랑이 미숙했던 것이다.

둘째와 셋째를 키우며 사랑이 좀 더 구체적이고 성숙해졌으나 아들은 이미 장성하여 부모의 품을 떠났다. 군 생활과 대학 생활, 사회생활을 이어가며 어른이 되어가는 아들에게 항상 미안하고 후회가 된다. 지금은 아들이 오히려 나이 들어가는 엄마를 안타까워하고 걱정한다.

아들도 삭막한 도시 생활에서 외로움을 달래줄 식물을 몇 개 키운다고 한다. 바쁜 직장생활로 세심하게 보살피지 못해 자주 초록별로 보낸다지만, 엄마로서 공통의 취미를 가진 아들이 동지 같기도 하고 일견 대견스럽다. 퇴근 후 식물을 보며 하루의 피로와 긴장을 풀고 위안을 받을 수 있다면 참 다행이겠다.

SNS나 잡지에서 인테리어의 완성이라고 소개했던 올리브나무를 가드너의 베란다 정원에서도 키우게 되었다. 하지만 어떻게 키워야 할지 막막했다. 가드너의 기우와 달리 올리브나무는 큰 보살핌 없이도 잘 자라주었다. 반짝이는 타원의 작은 잎을 가진 올리브나무가 이름에 걸맞게 커다란 '나무'로 변해가는 모습이 놀랍고 신기하다. 혼자서 쑥쑥 자라는 올리브나무는 스스로 잘 자라준 큰아들을 보는 것 같다. 존재만으로도 듬직해서 자꾸 보게 되는 식물이다.

Kang's 스타일링

✽ '평화, 풍요, 지혜'라는 꽃말을 가지고 있는 올리브 나무는 건조함에 강하다. 잎이 처지면서 살짝 말리는 때에 물을 주면 된다. 물, 햇빛, 바람만 있으면 잘 크는 나무이다. 베란다 바깥 창 쪽에 두면 좋다.

나는 오늘도 식물과 열애 중

9

강한 의지와 섬세함

아가베 아테누아타

중학교 교사로 있던 남편이 교감 승진을 했다. 승진했다는 소식을 전하는 남편의 목소리는 담담했다. "승진 발표 났어. 고마워." 승진의 공을 가드너에게 돌리는 남편. 그런 사람이다. 지금은 교장으로 승진한 지 삼 년이 지나고 있다. 하지만 교장 승진보다 교감 승진이 더 기뻤다. 다만 겉으로는 지나치게 기뻐하지도, 우쭐해하지도 않았다. 그렇다고 당연하게 여기지도 않았다. 아내로서 차분하고 의미 있게 축하해 주고 싶어 남편에게 아가베 아테누아타를 선물했다.

　남편의 성정은 다른 사람의 말에 조용히 경청하고 진지하게 공감해 준다. 동료는 물론이고 아랫사람에게도 함부로 대하지 않으며, 문제가 생기면 차분하게 대화로 상대를 설득한다. 가족을 섬세하게 살피고 늘 든든한 버팀목이 되어준다.

　스무 살에 교회에서 한 오빠를 알았다. 막 사랑을 알아갈 시기에 이 사람이면 평생을 함께해도 괜찮겠다 싶었다. 오빠와 함께라면 즐겁고 아기자기한 생활을 할 수 있을 것 같은 믿음이 있었다. 그 오빠가 남편이 되었다. 그때 가졌던 믿음 그대로 남편은 가드너를 실망시키지 않았다.

　　　　　　　　　　　나는 오늘도 식물과 열애 중

아가베 아레누아타는 꽃말처럼 '강한 의지와 용기, 섬세함'이 남편과 많이 닮았다. 이국적인 모양이 멋스러워 플랜테리어 식물로 추천하기 좋다. 아가베는 알려진 품종만으로 130여 종이 넘는다. 아레누아타는 그중 하나의 종이다.

아레누아타는 멕시코가 원산지이며, 한국에서는 귀화식물로 주로 온실에서 관상용으로 기른다. 잎이 용의 혀같이 생겼다고 용설란이라고 한다. 십여 년 동안 꽃이 피지 않기 때문에, 100년에 1번 핀다고 과장하여 세기식물(century plant)이라고도 한다. 잎에서 섬유를 체취하고 꽃줄기에서 수액을 받아 풀케*(pulque)라는 술을 만든다. (네이버 지식백과)

Kang's 스타일링

✱ 잎사귀가 살짝 쳐질 때 물을 주면 되므로 초보자도 무난하게 키울 수 있는 식물이다. 공기정화 효과가 뛰어나고, 특히 전자파 차단 효과가 탁월하다. 거실이나 베란다의 안쪽에서도 잘 자란다.

---

* 풀케: 용설란으로 빚은 술

10

아버지의 마음
필라덴드론 콩고

아버지는 평생 술을 좋아하셨다. 또 그 술 때문에 힘들어하셨다. 자식들에게는 그 시대 여느 아버지들이 그랬듯이 속마음과 다르게 무뚝뚝하고 권위적이었다. 딸에게는 비교적 잘 대해 주셨지만, 아들들에게는 무서운 아버지였다. 가드너는 그런 아버지가 마음에 들지 않았다. 가능하면 눈에 띄지 않으려고 피해 다녔다.

반면 생활력이 강한 어머니는 아버지를 대신해서 그 많은 논과 밭농사를 이끌어가셨다. 노동에 지친 어머니는 하루 일이 끝나면 저녁을 먹는 둥 마는 둥 하고 쓰러져 주무셨다. 그럴 때마다 술 냄새를 풍기며 누워있는 아버지가 한없이 싫었

다. 커갈수록 아버지에 대한 미움은 깊어 갔다. 그렇게 자식의 미움을 받다가 결국 세상을 뜨셨다. 자식들은 아버지가 가시고 나서야 당신의 가슴에 평생 묻어두었던 돌덩이의 존재를 알았다.

할머니는 일제강점기와 6.25를 거치면서 두 아들을 잃었다. 막내인 아버지마저 잃을까 두려워 마루 밑에 굴을 파고 아버지를 숨겨야 했다. 아버지는 어려운 시기에 대학을 졸업했으나 격동의 시대에 꿈을 이루지 못했다. 대신 마루 밑의 어두운 굴속에서 두려움에 떨어야 했다. 시대를 잘못 만난 아버지는 가슴에 응어리가 맺히고 응어리는 무거운 돌덩이로 변했다. 원수처럼 마셔대던 술도 아버지 가슴에 얹힌 돌덩이를 들

나는 오늘도 식물과 열애 중

어내지 못했다. 아버지의 돌덩이를 일찍 알았다면 미워하지 않았을까?

술병으로 돌아올 수 없는 길을 떠나신 아버지를 생각하며 베란다 정원의 식물들을 향해 물 대포를 쏘았다. 그리고 아버지에 대한 미움을 속죄라도 하듯 마른걸레로 식물들의 잎을 정성스럽게 닦았다. 콩고의 넓은 잎을 닦으면서 아버지의 마음을 보았다. 겉으로는 술을 마시고 가족의 안위를 모르는 체했으나, 그 마음은 콩고의 잎처럼 넓었으리라.

콩고도 꽃이 핀다. 1년에 한 번 피는데, 꽃대가 올라와 꽃이 벌어질 때까지는 한 달이 넘게 걸린다. 어렵게 피운 꽃을 하루만 보여주고는 꽃잎을 닫아버린다. 따라서 '나를 사랑해 주세요'라는 꽃말처럼 관심을 가져야 꽃을 볼 수 있다. 그러지 않으면 꽃이 핀 모습을 놓쳐버린다. 가드너가 아버지의 돌덩이를 보지 못했던 것처럼.

Kang's 스타일링

✽ 콩고는 추위에 약하다. 반음지 식물로, 직사광선을 피한 거실이나 베란다 정원의 안쪽 실내에서도 잘 자란다. 건조에 강하여 물주는 간격이 한 달에 한 번 정도로 아주 넓다.

나는 오늘도 식물과 열애 중

11

그해 여름의 추억

드라세나 맛상게아나

옥수수를 먹으며

강경오

지난여름 한낮의 뜨거운 햇빛이

시골집 논밭에 사정없이 내리던 그날

며느리가 좋아하던 옥수수를

예쁘게 다듬어 쪄주시던 어머님

알알이 여문 옥수수는 날 주시고

못생기고 이 빠진 옥수수는

당신이 맛있다고 드시던 그 여름
그 마루를 기억한다.

풀만 무성한 옥수수밭
토방에 걸터앉아 옥수수수염을 다듬던
어머님의 분주한 손놀림이
투명한 햇빛에 아른하다.

지난여름 한낮의 뜨거운 햇빛이 시골집의 논밭에 사정없이 내렸다. 그때 남편과 나는 마루에 앉아 햇빛을 피하며 간간이 지나가는 시원한 바람을 맞고 있었다. 허물어지기 직전의 담장 너머 텃밭에는 풀들이 무성하게 자라 어느새 나무가 되었다. 시부모님 살아생전에는 작은 풀 한 포기 얼씬거리지 못했다. 이제 빈집이 된 텃밭에 이름 모를 풀과 제멋대로 뻗은

나무들이 숲을 이루고 있다. 어머님이 살아계셨다면 저 밭에는 아마 옥수수를 심으셨을 것이다. 갑자기 그해 여름 먹었던 옥수수의 단맛이 입안 가득 고인다.

어머님은 옥수수를 좋아하셨

나는 오늘도 식물과 열애 중

다. 그런데 막내며느리가 당신보다 더 좋아한다는 것을 알고 집 앞과 뒤뜰의 텃밭에 옥수수를 그득 심으셨다. 어머님은 한여름 햇빛에도 아랑곳하지 않고 잘 여문 옥수수를 한 소쿠리 따와 껍질을 벗기고 수염을 다듬었다. 그리고 커다란 가마솥에 쪄 내오셨다. 알알이 잘 익어 먹기 좋은 것은 날 주시고, 못생기고 잘 여물지 않은 것은 당신이 드셨다. 그 여름의 옥수수밭, 옥수수수염을 다듬던 어머님의 손놀림이 눈앞에 아른거린다.

베란다 정원에서 드라세나 맛상게아나를 바라보니 어머님의 옥수수가 떠오른다. 키가 크고 줄기가 옥수수 잎을 닮아 옥수수라는 별명을 가지고 있어서인가. 지금은 계시지 않는 어머님의 옥수수 사랑이 생각난다.

드라세나 맛상게아나의 꽃말은 '행운과 행복'이다. 꽃말 때문인지 집들이나 개업식, 축하 선물로 많이 선택한다. 길쭉한 초록 잎의 중심부에 연두색의 세로줄 무늬가 단조로움을 면한다. 길고 시원스럽게 뻗은 이파리 자체만으로도 존재감이 큰 드라세나 맛상게아나. 한때 행복했던 어머님과의 추억을 소환해 보았다.

Kang's 스타일링

✳ 드라세나의 한 품종인 맛상게아나는 행운목의 변종으로 행운목이라고도 부른다. 나사가 선정한 실내공기 정화 식물 11위에 올라와 있다. 포름알데히드, 휘발성 유해물질 제거에 좋다. 베란다 정원에서 잘 크는 식물이며 고온다습한 환경을 좋아한다. 특별한 관리가 필요치 않아 실내 식물로 인기가 많다. 봄부터 가을까지가 생장기이며 겨울에는 휴면기이다. 생장기에는 물을 많이 준다.

나는 오늘도 식물과 열애 중

제3장

식물과 열애 중

1

사랑은 과하지 않게
아스파라거스 메이리

컬링부모(curling parents)라는 말이 있다. 컬링스톤처럼 잘 미끄러지도록 부모가 앞에서 모든 걸림돌을 없애 주는 것에서 생겨난 표현이다. 흔히 말하는 부모의 치맛바람이다. 사랑해서 가르친다는 것이 도리어 해가 되고 망가뜨리게 되는 것이다. 자녀에 대한 과한 사랑이나 관심보다 가끔은 무관심이 더 괜찮을 때가 있다. 지나친 관심과 사랑은 식물도 다를 바 없다.

베란다 정원의 식물 중 마음을 더 주고 싶은 식물이 있다. 연한 초록의 색감이 아름다운 아스파라거스 메이리이다. 통통한 여우 꼬리처럼 생겨 여우 꼬리라고도 부른다. 바늘처럼

잎끝이 뾰족해 뻣뻣할 것 같지만, 기우다. 손으로 쓰윽 쓸어 보자. 손끝으로 전해지는 느낌이 정말 부드럽다. 새털 같은 그 부드러운 느낌이 좋아서일까. 왠지 약해 보여서일까. 아스파라거스 메이리는 가드너의 보호 본능을 불러일으킨다.

그 마음이 시키는 대로 아스파라거스 메이리 화분의 흙이 마르기 전에 물을 주었다. 햇빛이 부족할까 봐 매일 햇빛을 따라 화분을 옮겨주었다. 그런데 줄기와 잎이 바짝 말라갔다. 조바심이 났다. '물이 부족한가?' 물을 더 많이 줬다. 잎이 말라가는 속도가 빨라졌다. 누렇게 된 잎이 보기 싫어 마른 잎을 계

나는 오늘도 식물과 열애 중

속 잘라내야 했다.

'도대체 왜 그럴까? 이렇게 사랑을 주고 관심을 가지는데, 시들하고 누런 줄기와 잎이 되어가다니! 물을 너무 많이 줘서일까? 햇빛을 너무 받아서일까?' 별별 생각이 다 들었다. 최후수단으로 인터넷과 유튜브 검색을 통해 원인을 알아냈다. 사랑과 관심이 과했던 것이다.

물을 덜 주고, 직사광선보다 베란다 안쪽 밝은 곳으로 자리를 옮겨주었다. 의도적으로 내버려두었다. 두 달째가 되니 새순들이 올라왔다. 여우 꼬리도 길고 통통하게 자라고 있었다.

아스파라거스 메이리는 뿌리에 물주머니가 있다. 물을 자주 주는 게 아니었다. 반양지에서 자라는 식물인데, 좋은 자리 준다고 햇빛이 많은 곳에 놓은 것도 잘못되었다. 과유불급이었다.

Kang's 스타일링

❋ '변화가 없다'라는 꽃말을 가지고 있다. 뿌리에 물주머니가 있어 물주는 간격이 넓어야 은은한 초록빛의 통통한 여우 꼬리들을 볼 수 있다. 너무 강한 햇빛과 물 주는 것만 조심한다면 키우기 쉬운 식물이다. 밝은 베란다와 거실에서 잘 자란다. 병충해에 강하다.

2

나의 아픔이 너의 아픔만 할까
만냥금

식물도 키우다 보면 감동적일 때가 있다. 마치 병에 걸린 아이가 말끔하게 나아 일어날 때처럼 죽은 줄 알았는데, 다시 싹을 틔우는 식물이 그렇다.

행운과 금전운이 들어온다고 하여 중국에서 인기가 있는 식물 만냥금. 탱글탱글 빨간 열매가 열리는 만냥금은 가드너의 베란다 정원에서 잎도 무성하고, 열매도 튼실하게 매달며 잘 자랐다. 성장은 조금 느리지만 키도 어느 만큼 자랐다. 여름부터 하얀 꽃이 피고 지면 그 자리에 동글동글 빨간 열매가 빈틈없이 열린다.

어느 날부터 만냥금의 무성하던 잎이 시들해졌다. '왜 그러지? 왜 이렇게 시드는 거지?' 걱정이 앞섰다. 잎과 줄기를 살펴보니 줄기 중간 부분에 무름병이 생겼다. 무더운 여름 장맛비와 고온다습한 온도로 힘들었나 보다. 내 마음이 괴롭고 아프다. 나의 아픔이 너의 아픔만 할까?

만냥금을 초록별로 보내기에는 함께 보낸 시간을 송두리째 버리는 것과 같았다. 아쉽고 울적한 마음을 견딜 수 없었다. 결국 무름병이 있는 줄기 아래 한 뼘 정도만 남기고 잘라냈다. 그렇게라도 만냥금의 모체를 보호하고 싶었다. 그러나 별다른 희망을 품지 않았다. 다만 하루에도 몇 번씩 베란다 정원을 드나드는 가드너의 눈에 띄면 슬플 것 같아 잘라낸 만

나는 오늘도 식물과 열애 중

냥금을 한쪽으로 치웠다. 며칠 후 물을 주려고 잘라낸 줄기를 살펴보았다. 아! 보일 듯 말 듯 작은 싹이 흙을 뚫고 나오고 있었다. 나도 모르게 소리를 질렀다.

"만냥금이 살았어! 어머! 어쩜 좋아!"

놀랍고 신기한 이 순간을 사진으로 남기기 위해 다양한 각도에서 스마트폰 카메라를 눌러댔다. 물을 주는 손에 활기가 넘쳤다. 삼 일 후 새싹 두 개가 손가락 마디만 하게 또 올라왔다. 가드너는 아예 그 앞에 쪼그리고 앉아 새로운 싹을 오래도록 응시했다.

생명은 참 신기하다. 죽은 줄 알았던 식물 줄기에서 작은 싹 하나 올라오는 게 뭐 그리 대수라고 이리 기뻐한단 말인가. 아니다. 대수다. 죽은 사람이 살아온 것처럼 기적이고 놀라운 일이다.

Kang's 스타일링

❋ '복이 있는 사람, 재산, 부'라는 꽃말을 가지고 있다. 키우기 쉬워 초보 가드너에게 좋다. 베란다 창 쪽 구석이나 거실 창 쪽이 좋다. 잘 키워 열매가 많이 열릴수록 부를 가져다준다는 말이 있다. 너무 과한 햇빛은 좋아하지 않는다. 통풍이 잘 안 되고 습도조절이 안 되면 해충이나 무름병을 주의해야 한다. 빨간 열매를 흙에 묻어두면 싹이 나와 개체 수를 늘릴 수 있다.

나는 오늘도 식물과 열애 중

3

베란다 정원의 파수꾼

네펜데스

　시부모님이 사셨던 시골집을 방문했다. 빈집이 된 지 오래다. 앞마당과 뒷마당, 주변 텃밭까지 잡초들이 주인인 양 무성하게 자랐다. 장독대는 어머님이 살아생전 정갈하게 관리했었다. 그곳에도 흙먼지가 내려앉고 잡초들이 엉켜있다. 집에 갈 때마다 장독을 열고 고추장이며 된장을 보여주시던 어머님을 생각하며 작고 예쁜 항아리 하나를 가져왔다.

　그 안에 식물을 키우면 항아리를 늘 옆에 두고 볼 수 있으리라는 생각에 구멍을 뚫어 화분으로 만들기로 했다. 유튜브에서 하라는 대로 넓은 테이프를 붙이고 송곳을 구멍 낼 자리에 대고 망치로 조심스럽게 톡톡 쳤다. 신기하게도 깔끔하게 구멍이 뚫렸다.

　마침 벌레잡이통풀 네펜데스를 분갈이할 때가 되었다. 구

　　　　　　　　　　　나는 오늘도 식물과 열애 중

멍 뚫은 항아리 화분에 네펜데스를 옮겨 심었다. 구멍에 망을 올리고 가벼우면서도 물 빠짐이 좋은 굵은 휴가토를 세 주먹 정도 깔았다. 그 위에 분갈이 흙인 배양토를 넣고 네펜데스를 옮겼다. 적당히 늘어진 이파리가 항아리와 잘 어울린다. 막내 아들을 사랑한 만큼 막내며느리를 사랑해 주던 어머님의 환한 얼굴이 항아리 화분에 겹쳐 보인다. 주말이면 언제나 우리 막내 부부를 기다리시던 따뜻하고 애틋한 시선이다.

네펜데스는 베란다 정원의 파수꾼이다. 정식이름은 벌레 잡이통풀 네펜데스인데, 그냥 네펜데스라고 부른다. 뾰족한 창 모양의 잎끝에 매달린 포충낭이 꿀과 밝은색으로 함정을 만들어 곤충이나 작은 생명체들을 유인한다. 그러면 달콤한

향을 맡고 들어온 곤충들이 그곳에서 익사한다.

네펜데스는 곤충들이 다가오기를 끈기 있게 기다린다. 그래서 꽃말이 '끈기'인가? 꽃은 뚜껑이 달린 통 모양이다. 여기에 소화액을 담아 놓아 통에 빠진 벌레들을 죽게 만든다. 말 그대로 곤충을 잡아먹는 식물이다. 하지만 꽃은 예쁘다.

Kang's 스타일링

✽ 완전한 그늘보다는 따뜻한 공간을 좋아한다. 햇빛이 잘 드는 베란다 정원에서 잘 자란다. 건조해지지 않도록 분무를 해주거나, 한 달에 한 번 정도 뚜껑이 달린 통 모양의 꽃에 물을 반쯤 채워놓는 것을 권한다.

나는 오늘도 식물과 열애 중

4

보리밭의 추억
크루시아

　연록의 싱그러움이 가득한 5월이다. 한창 아이 키우던 시절에는 다양한 기념일을 챙기느라 바쁜 달이기도 했다. 그러나 지금은 아이들도 다 자라고 가드너 자신도 중년을 넘기고 있다. 여느 날처럼 아침을 먹고 베란다 정원으로 나와 잠깐의 휴식을 취하던 중 언뜻 달력에 눈이 갔다. 아! 스승의 날이다.

　초등학교 1학년 어느 봄날이었다. 그때는 수업 시작 전 운동장에 전교생을 모아놓고 아침 조회를 했다. 조회 시간에는 학년과 반별로 운동장에 도열하여 교장 선생님의 훈화를 듣고, 다른 선생님의 주의사항을 듣는다. 조회를 알리는 종소리가 울리자 우리 반 아이들은 신발장 앞으로 우르르 달려갔다. 신발장이 있는 미닫이문을 서로 먼저 열겠다고 밀고 당기는

　　　　　　　　　　　나는 오늘도 식물과 열애 중

바람에 문이 그만 떨어져 버렸다. 문짝은 교실 바닥으로 나뒹굴었다. 아이들은 조회에 늦을세라 떨어진 문짝 따위 아랑곳하지 않았다. 모두 그 위를 밟고 정신없이 운동장으로 나갔다. 신발을 찾으려던 가드너도 할 수 없이 문짝을 밟았다. "아얏!" 그 순간 엄청난 통증이 왔다. 문짝 위로 솟아있던 못을 밟은 것이다.

지금은 학교마다 보건실이 있어 응급처치가 가능하지만, 그때는 보건실도, 가까운 곳에 병원도 없었다. 그나마 있던 작은 보건진료소는 학교에서 20분 정도 걸어야 했다. 가드너는 담임선생님 등에 업혀 보건진료소에 치료받으러 다녔다. 상처가 나을 때까지 한참을 업혀 다녔다. 어린 마음에도 선생님의 등은 포근하고 따뜻했다. 하루는 보리밭 사잇길을 걷다가 가드너를 내려놓고는 보릿대를 뽑아 피리를 만들어 주시며 불어보라 하셨다. 선생님과 보리피리를 불던 그 시간이 어린 마음에 마냥 좋았다. 너울대는 연둣빛 보리밭의 끝이 보이지 않았던 것처럼 그 시간 속에 머물고 싶었다.

30년 후 담임선생님은 가드너가 근무하는 학교에 교장선생님으로 부임하셨다. 오랜 세월이 흘렀지만, 선생님도 가드너도 그때의 일을 기억하고 있었다. 선생님은 여전히 그때 넓은 등을 내주셨던 것처럼 시간을 품은 온화한 미소로 가드너를 음으로 양으로 살피셨다.

다시 베란다 정원의 식물이 보인다. 크루시아가 눈앞에 있다. 어디 하나 모난 곳 없이 풍성하고 윤기 흐르는 잎을 바라보고 있으니 마음까지 편안하다. 기억 속에서 만났던 선생님의 등처럼 넉넉하다. 그때 미처 하지 못했던 말을 빚 갚는 심정으로 가만히 읊조려본다. "선생님, 고맙습니다."

크루시아는 잎이 두꺼워 조각을 새길 수도 있다고 하여 원산지에서는 '싸인 나무'라고도 부른다. 잎사귀에 선생님의 이름을 써볼까? 꽃말이 '변함없는 사랑'이라는데, 선생님의 변함없는 제자 사랑을 추억하며 크루시아를 손질한다. 손등으로 내리쬐는 따스한 햇살에 손놀림이 바쁘다.

Kang's 스타일링

✱ 크루시아는 플로리다 같은 열대지방 식물이다. 추위에 약하고 빛을 좋아한다. 빛이 없는 곳에서는 두꺼운 잎이 얇아진다. 과습에 주의한다. 잎을 만져봤을 때 얇아져 있으면 물을 준다. 베란다 창쪽이나 안쪽에서도 잘 자란다.

나는 오늘도 식물과 열애 중

내 삶의 쉼표

눈꽃율마

풍경소리

강경오

풍경을 달았다
요란하게 울리는 건
막내가 들어오는 소리

조심스럽게 울리는 건
아내의 시간을 방해하지
않겠다는 남편의 마음

나는 오늘도 식물과 열애 중

풍경 울리면
설렘도 함께 온다.

분주함 떨쳐버리고
재촉하는 시간
더 이상 보지 말라고

욕심과 더 큰 현실에
마침표 찍고
쉼표 하나 던져 준다.

　25년간 잘 다니던 직장을 그만 쉬라는 남편의 성화로 남들보다 조금 이르게 퇴직했다. 우연히 시작한 프랜차이즈 사업이 성공하면서 마케팅 강의 요청이 쇄도했다. 직장을 그만둔 것에 대한 보상이라도 받으려는 듯 사업과 강의에 에너지를 쏟아부었다. 다양한 세상을 살아봤으며, 다른 세계의 사람들도 만나 봤다. 잘 해내야 한다는 생각으로 사업에 관해 밤새워 공부했다. 그 결과 펼치는 일마다 성공을 거두었다. "당신은 일할 때 가진 능력보다 100%, 아니 200% 이상 쏟아붓는 대단한 사람이야! 인간승리라는 말은 당신 같은 사람을 두고 하는 말이야." 남편은 이렇게 말했다. 열심히 하는 사람이라고 인정하는 것이리라.

잘 운영하고 있던 사업체를 우연한 기회에 정리했다. 집에서 지내는 시간이 많아졌다. 즐겁게 지내라는 남편의 배려로 집 리모델링을 했다. 베란다 정원에 식물을 보충하고 작은 홈 카페도 꾸몄다. 그때 들여온 눈꽃율마는 출입문에 걸어둔 풍경 소리와 함께 내 삶의 쉼표가 되었다. 베란다 정원을 상큼한 레몬향으로 채워 가드너에게 쉼도 예술이 됨을 알게 했다.

눈꽃율마 특유의 연두색 잎을 쓰다듬고 나서 바로 손을 코끝에 대본다. 손에 묻은 향이 전신으로 퍼진다. 향에 취하는 찰나의 순간이다. 때로 좋아하는 무엇에 도취하며 인생의 희로애락을 느끼는 게 즐거운 삶이 아닌가. 이제 편안한 마음으로 베란다 정원에서 식물과 함께 가드너로서 인생의 전환점을 맞이한다.

눈꽃이 살짝 내려와 앉은 것 같은 눈꽃율마의 산뜻한 모습은 지쳐있던 일상에 활력을 넣어준다. '침착과 성실'이라는 꽃말처럼 옆에 두고 키우면 이로운 점이 많다. 취할 것 같은

향은 물론이고 불면증 해소에도 효과 만점이다.

Kang's 스타일링

✽ 눈꽃율마는 키우기 예민한 율마 개량종으로 성질은 같지만, 생김새
가 다르다. 기존의 율마보다 물 주는 간격이 넓다. 그러나 물 주기를 게
을리하면 안 된다. 추위에 강하고, 햇빛과 통풍 모두 중요하다. 베란다
창 쪽에서 키운다.

6

너를 지켜줄게
사랑초

나는 오늘도 식물과 열애 중

이삼일 전부터 베란다 정원에서 바쁜 시간을 보내고 있다. 가드너가 없는 동안 식물이 마르지 않도록 온갖 방법을 동원해야 한다. 미국에 사는 딸을 보러 가느라 보름 정도 집을 비워야 하기 때문이다. 다행인 것은 지금 계절이 여름이 아니고 겨울이라는 것. 물을 많이 주지 않아도 그런대로 견딜 수 있을 것 같다.

매일 물을 줘야 하는 식물은 작은 대야에 물을 가득 채우고 담가놓는다. 며칠에 한 번씩 물을 주는 식물은 미리 충분하게 준다. 그리고 젖은 수건으로 화분을 덮어준다. 혹시나 있을 병충해도 꼼꼼하게 살펴 천연살충제를 뿌려주고 물휴지로 닦아준다. 집을 비우는 동안 식물들 모두 무사해야 할 텐데…… . 마치 아이를 혼자 놔두고 외출하는 심정이다.

식물들을 챙기다가 사랑초를 보니 어린 시절 행운이 찾아온다고 믿어 찾아 헤매던 네잎클로버가 생각난다. 행운이 뭔지도 잘 모르던 어린아이가 고사리 같은 손으로 길가 풀숲을 헤집으며 찾던 네잎클로버. 이제 가드너의 베란다 정원에서 행운을 찾는다. 바로 사랑초다. 잎이 꼭 네잎클로버를 닮았다. 사랑초 화분을 가득 채운 잎 사이로 순백의 꽃이 피었다. 마침 창밖에는 며칠 전 내린 눈이 아직 그대로다. 흰 눈을 시샘하

듯 피어난 꽃을 보니 예뻐서 또 눈이 시리다.

왜 사랑초라는 이름을 얻었을까. 원래의 학명은 옥살리스다. 잎이 사람의 심장을 닮았다고 하여 우리나라에서만 불리는 이름이다. 우연일까. 딸 이름도 '사랑'이다. 사랑이는 어린 나이에 미국으로 유학을 가 10여 년의 공부를 마치기까지 혼자서 인고의 시간을 견뎌냈다. 그리고 실내 디자이너가 되어 그곳에서 취업을 하고 결혼까지 했다. 사랑이는 한겨울에 꽃을 피우는 사랑초의 강인함과 닮았다. 그 딸을 만나러 미국 땅으로 날아갈 생각에 벌써 설렌다.

'당신을 끝까지 지켜줄게요', '당신과 함께할게요'라는 사랑

나는 오늘도 식물과 열애 중

초의 꽃말처럼 사랑이를 지켜주고 싶다. 사랑초 앞에서 "사랑아, 사랑해!"라고 나직하게 말해본다. "엄마, 나도 사랑해!"라고 사랑이가 화답한다.

Kang's 스타일링

✽ 관리가 필요하지만, 꽃이 주는 행복감이 큰 식물이다. 잎이 죽은 것 같아도 흙 속에 뿌리(구근)가 있어 기다리면 다시 싹이 나고 꽃을 피운다. 빛이 들어오는 창가에서 잘 자란다. 사랑초는 종류가 아주 많다. 여름에 꽃을 피우는 하형 사랑초와 겨울에 꽃을 피우는 동형 사랑초로 나뉘는데, 동형 사랑초의 꽃이 더 예쁘다. 하형 사랑초는 3~4월에 심고 9~10월에 휴면기가 찾아온다. 동형 사랑초는 9~10월에 심고 3~4월에 휴면기가 찾아온다.

7

잔잔한 행복

스윗하트벤자민

가드너가 살고 있는 지역에는 전국에서 유명한 맛집들이 있다. 그중 매운 짬뽕집이 있다. 모처럼 우리 가족은 매운 짬뽕을 먹기 위해 집을 나섰다. 짬뽕집 앞은 이미 손님들이 길게 줄을 서 있다. 길게 늘어진 줄을 보며 '꼭 이렇게까지 기다리면서 먹어야 할까?' 갈등이 들었다. 그래도 지역의 유명하다는 매운맛 짬뽕을 한 번은 먹어 보고 싶었다. 긴 줄의 끄트머리에서 차례를 기다렸다. 드디어 우리 차례가 되었다. 음식을 주문한 후 식당 안을 둘러보니 정말 많은 사람이 매운 짬뽕을 먹고 있다. 그들의 얼굴이 마치 하회탈 같다. 매워서일까. 맛있어서일까.

매운 짬뽕은 해물과 야채가 푸짐하다. 마치 잔치 음식 같다. 젓가락에 힘을 줘 크게 한입 맛보니 톡 쏘는 듯 얼큰한 매운맛이 입술과 혀를 자극했다. 이 맛에 줄을 서나 보다.

매운 짬뽕을 먹고 나오니 바로 옆에 꽃집이 있다. 막내아들이 내 얼굴을 바라보며 말한다.

"엄마가 좋아하는 꽃집이네!"

남편이 아들의 말을 받았다.

"그냥 지나칠 수 없지! 구경하고 싶으면 들어가 봐. 기다릴게."

　이런 가족이 있어 가드너의 식물 쇼핑은 언제나 여유롭고 행복하다.

　"어서 오세요."

　만면에 미소를 머금은 꽃집 주인이 우리를 반겨준다. 잔잔한 꽃무늬 앞치마와 머릿수건은 야생화정원을 품은 것 같다. 주인은 우리에게 맘껏 구경하라고 한다. 아기자기한 꽃이 잘 진열된 꽃집은 주인의 넉넉한 미소와 어울려 편안했다. 나는 아몬드 페페 잎 같은 눈을 하고 둘러보았다. 잎에 하트 무늬가 선명하게 그려진 스윗하트벤자민을 보았다.

　'어쩜 식물 이파리에 하트 무늬라니! 큐피드가 보낸 식물인가.'

　스윗하트벤자민 잎을 조심스럽게 만져봤다. 이파리에서 설

　　　　　　　　　　　나는 오늘도 식물과 열애 중

명할 수 없는 어떤 감정이 내 손을 타고 가슴으로 전해졌다.

'사랑일까?'

생각하며 한참 동안 잎에서 손을 떼지 않았다.

"이 식물은 가슴 엑스레이 사진 같네."

작은 침묵을 깨고 남편이 말했다. 우리는 함박 웃었다.

꽃집 안에 잔잔한 행복이 퍼진다. 가드너는 당연하다는 듯 스윗하트벤자민에 잔잔한 행복도 같이 담아 베란다 정원으로 옮겨왔다.

Kang's 스타일링

✳ '영원한 행복'이라는 꽃말을 가지고 있다. 직사광선은 잎이 탈 수 있으니 피하고 베란다나 거실의 밝은 빛이 들어오는 곳에서 키운다. 환경 변화에 예민하므로 급격한 환경변화는 피하는게 좋다. 베란다에서 잘 자라는 식물이다.

8

행운이 집안 가득
행운목

오늘 아침에도 습관처럼 베란다 정원으로 향한다. 한결 시원해진 공기 때문인가. 막 잠에서 깬 식물들이 더 싱그럽다. 창 너머 저만치서 오는 가을이 보인다. 그토록 무덥던 여름도 이제 물러날 때가 되었나 보다.

행운을 가져다준다는 전설의 나무가 있다. 행운목이다. 가드너의 베란다 정원에도 키 큰 행운목 한 그루가 15년째 한쪽 구석에서 묵묵히 자리를 지키고 있다. 가드너가 그 존재를 잊고 있다가 오랜만에 물을 줘도 그게 제 몫인 양 조용히 받아들일 뿐이다.

　베란다 천장이 구멍 날까 걱정스러울 정도로 씩씩하게 자라는 행운목. 그 기세에 놀라 가지를 잘라주었다. 자른 가지는 버리지 않고 흙에 묻거나 물에 꽂아주면 어느새 또 뿌리를 내리고 가지를 뻗는다. 새로 난 가지는 자신의 과거를 기억할까. 천장을 뚫을 것 같던 행운목과 한 몸이었음을, 그때 창 너

　　　　　　　　　　　　　　나는 오늘도 식물과 열애 중

머 높은 하늘을 꿈꾸듯 바라보았다는 것을.

휜칠하게 뻗은 행운목 기둥이 왠지 허전하다. 스윗하트벤자민을 합식했다. 다닥다닥 하트 잎으로 기둥을 감싸 안은 모습을 보니 외로움 달래줄 짝을 찾아준 것 같다.

"가지는 잘려 보냈지만, 먼 훗날 아름다운 추억 하나 만들 수 있을 거야!"

행운목 가까이에 대고 귓속말처럼 속삭여 줬다.

스윗하트 역시 행운목과 함께함을 기뻐하는 듯 기둥에 줄기를 바짝 기대고 체취를 느끼는 듯하다.

'외로웠어요. 만나서 다행이에요.'

가드너의 귀에 들리는 이 말은 스윗하트에게서 나오는 소리일까?

　행운목이 십 년 만에 한 번 꽃이 핀다는 것을 아는 사람은 많지 않다. 전설의 꽃이라 할 정도로 꽃을 보기 어렵다. 그런데 가드너의 베란다 정원에서 삼 년 연속 꽃을 피웠다. 낮에는 꽃송이를 꼭 다물고 있다가 밤이 되면 활짝 펴 베란다 정원에 향기를 가득 채웠다. 어느 값비싼 명품 향수에 비할까. 꽃이 가져다줄 행운을 기다리며 영원히 곁에 머물러 주길 바란다.

 Kang's 스타일링

　✽ '행복, 행운'이라는 꽃말을 가지고 있다. 집에 두면 행복과 행운이 늘 함께한다는 말이 있다. 거실이나 베란다 안쪽 반그늘에서도 잘 자란다. 잎에 물을 분무해 주면서 키워도 좋다. 키우기 쉬운 식물이다.

나는 오늘도 식물과 열애 중

9

넉넉한 이파리와의 교감
떡갈잎고무나무

베란다 창밖을 바라본다. 창밖 풍경이 그리운 것은 아니다. 그냥 먼 데로 시선을 두고 싶어졌다. 열린 창으로 바람이 들어온다. 바람이 뺨을 간질이자 왠지 모르게 울컥한다. 기다렸다는 듯 눈가가 촉촉하게 젖는다. 설명할 수 없는 외로움이다.

나는 오늘도 식물과 열애 중

다시 베란다 정원으로 눈길을 돌린다. 식물들이 일제히 나를 바라본다.

'맞아! 너희들이 있었지.'

편안해진 마음으로 베란다 이쪽에서 저쪽 끝까지 둘러본다. 키 큰 나무는 의젓하게, 중간쯤 되는 관엽식물은 반짝이는 이파리로, 앙증맞은 꽃 화분은 화사한 색깔로 저마다 매력을 뿜어낸다. 이 식물들로 인해 나는 얼마나 위안을 받았던가. 마음 둘 곳 없을 때 이곳에서 또 얼마나 눈물을 삼켰던가. 새삼 이 외로움의 진원지를 생각한다. 오늘도 떡갈잎고무나무를 한 잎씩 닦아야 할 것 같다.

막내가 중학생이다. 말 잘 듣고 착해서 부모의 자랑이던 아이가 요즘 사춘기를 겪는다. 세상 고민을 다 가지고 있는 것처럼 표정이 우거지상이다. 방문을 꽝 닫는 것은 이미 일상이 되었다. 위로 형과 누나의 사춘기를 겪은지라 곧 지나갈 줄 알지만, 어쨌든 지금은 힘들다.

아이가 힘들게 할 때마다 떡갈잎고무나무 잎을 닦았다. 넓

은 잎을 한 장 한 장 닦으면서 마음을 다스렸다. 속상한 마음을 씻어내듯 떡갈잎의 먼지를 닦아냈다. 마침내 깨끗해진 떡갈잎처럼 마음도 차분해졌다. 떡갈잎 닦기는 한마디로 수행이었다.

키 큰 식물에 속하는 떡갈잎고무나무는 언제 봐도 위엄있어 보인다. 10년 넘게 키워온 나무다. 수형이 단정하면서 잎이 크고 넓다. 그만큼 먼지도 많이 탄다. 정성스레 잎을 닦고 나면 유독 반짝이며 존재감을 드러낸다. 가드너는 떡갈잎고무나무의 거부할 수 없는 그 존재감에 기대어 마음을 다스리곤 한다.

 **Kang's 스타일링**

❋ '영원한 행복, 강건함, 변함없는 사랑'이라는 꽃말이 그 어떤 식물보다 마음에 든다. 물 주기를 살짝 놓쳐도 예민하게 반응하지 않는다. 물 주는 간격이 넓어서 좋다. 유럽에서는 교회 건축자재로 많이 사용했으며, 기품 있는 나무로 여긴다. 베란다 정원이나 빛이 들어오는 거실에서 잘 자란다.

10

우연히 만난 인연
자주달개비

나는 오늘도 식물과 열애 중

지난여름 장맛비 때문에 산책을 못한지 여러 날. 걷고 싶어 우산을 들고 아파트 주변을 산책했다. 아무도 없는 거리에는 비에 젖은 나무마다 은구슬 같은 빗방울이 방울방울 매달려 있다. 잠시 멈춰 바라보았다. 그때 줄기가 잘려 나뒹구는 자주달개비를 나무 아래서 발견했다. 키우고 싶었던 자주달개비였다. 초록초록한 베란다 정원에 다채로운 식물 색깔을 추가하고 싶었다. '대체 누가 내 마음을 알고 여기에 버렸단 말인가.' 얼른 주웠다.

자주달개비를 베란다 정원으로 가져와 흙에 꽂아주고 아침저녁으로 들여다보았다. 잘 자랄 것이라는 기대와 설렘을

가지고. 볼품없던 잎이 서서히 생기를 되찾아 갔다. 마치 "보세요. 이만큼 자랐어요."라고 말하는 것 같다. 두 달 정도 지나니 달개비는 폭풍 성장하여 새싹을 쏙쏙 내밀었다. 죽어가던 것이 이렇게 자란 모습을 보니 식물이지만 대견했다. 식물도 사랑이 필요하다. 사랑은 관심이다.

자주달개비를 키우게 되면서 달개비에 관한 정보를 얻기 위해 여러 날 인터넷을 뒤졌다. 달개비는 여러 색깔이 있다. 짙은 자주색부터 초록색, 그리고 줄무늬까지. 잎은 긴 타원형이며 두껍고 길쭉하다. 이파리의 끝은 뾰족하다. 잎 길이가 한 뼘 정도 되고 폭은 2센티 정도로 부드러운 털로 덮여있다. 줄기 끝에 꽃이 피는데, 아침 일찍 피었다가 오후쯤에는 꽃봉오리를 닫아버려 부지런한 사람만 이 꽃을 볼 수 있다. 아직 꽃은 보지 못했지만, 보라색 자주달개비는 가드너의 초록 베란

나는 오늘도 식물과 열애 중

다 정원에서 특별한 조화를 이룬다.

자주달개비는 조금 자라면 사방팔방으로 늘어져 부드럽게 뻗어 나가는 줄기가 더 예쁘다. 걸이대에 걸어 키우면 보는 즐거움을 준다. 잡초 같아 매력이 없다고 하는 사람도 있다. 그러나 가드너에게 자주달개비는 특별하다. 우연히 만난 인연으로 털북숭이 잎의 건강한 야생미를 매일 즐길 수 있으니.

Kang's 스타일링

✻ '외로운 추억, 짧은 즐거움'이라는 꽃말을 가지고 있다. 햇빛과 통풍이 중요하고 물 주는 간격이 넓다. 달개비는 잎이 물에 닿는 것을 싫어한다. 베란다 창 쪽 햇빛이 많은 곳에 키운다. 보송보송한 솜털을 가진 자주달개비는 생존력도 강하고 잘 자란다. 색깔은 짙은 보라색인데, 이름은 자주달개비로 불린다. 대부분 삼색 달개비는 많이 키우지만, 자주달개비는 잘 안 키운다.

제4장

식물과 완전한 사랑

1

식물과 궁합을 말할 때

휘커스 움베르타

며칠 전 우연히 옛 직장 후배를 만났다. 반가움에 손을 맞잡고 펄쩍펄쩍 뛰었다. 우리는 누가 먼저랄 것도 없이 마침 앞에 보이는 카페로 들어갔다. 무슨 이야기를 먼저 해야 할지 모를 정도로 그동안 지내 온 이야기를 이것저것 서로 물었다.

후배는 직장과 육아 사이에서 고민이 많았다. 직장을 잠시 쉬었다가 프리랜서가 되고 싶다고 한다. 특히 현 직장 상사와 궁합이 맞지 않는다며 고통이 밴 한숨을 뱉었다. 비슷한 경험을 한 가드너로서 후배에게 깊은 연민을 느꼈다.

후배는 직장 상사와 어떤 부분이 맞지 않아서 갈등을 겪는 걸까. 그녀는 막연하게 궁합이 맞지 않는다고 표현했다. 성격이 다른 건가? 일하는 스타일이 안 맞는 것인가? 생각해 보니 사람 사이에 궁합이라는 게 있긴 하다. 흔히 대화가 잘 통하고 생각이 비슷한 사람과의 관계를 궁합이 잘 맞는다고 하지 않는가. 그렇다면 처음부터 궁합이 잘 맞는 사람이 있을까.

집으로 돌아와 베란다 정원에서 식물의 누런 잎을 정리했다. 문득 식물과 나의 관계에도 궁합이라는 것이 존재하는지 생각이 깊어졌다. 가드너가 식물을 키운 지 10여 년. 와중에 건강하게 키우지 못하고 초록별로 보낸 식물도 부지기수다. 그런 식물들과는 궁합이 맞지 않았던 것일까. 식물 중에는 물

을 적게 줘야 하는 식물도 있고, 매일 들여다보면서 눈맞춤을 하는 식물도 있다. 대개는 식물의 특성을 알고 물 주는 시기를 세심하게 조절한다.

하지만 어떤 식물은 크게 신경을 쓰지 않는데도 순둥순둥 잘 자란다. 바라봐 주기만 해도 언제나 초록의 싱그러움으로 존재감을 잃지 않는다. 가드너는 그런 식물이 있어서 즐겁고, 식물은 베란다 정원이 있어야 할 제자리인 듯 늘 의연하다.

문득 이런 식물과 궁합이 잘 맞는다는 생각이 든다. 바로 휘커스 움베르타다. 꽃말은 '부부의 사랑'이다. 말이 없어도 편안하고, 눈빛만 봐도 무엇을 원하는지 알 수 있는 사이좋은 부부처럼, 휘커스 움베르타는 그냥 거기 그 자리에서 묵묵히 가드너를 반긴다.

인테리어 잡지에서도 많이 볼 수 있는 휘커스 움베르타는

나는 오늘도 식물과 열애 중

최고의 실내식물 중 하나다. 둥글고 넓적한 잎의 중심에서 양쪽으로 뻗은 잎맥이 균일하고 선명하다. 넓은 잎에 숨어있는 수많은 기공으로 산소와 음이온을 내뿜어 공기정화에 도움이 된다. 특히 담배 냄새 제거에 효과가 좋다. 다른 고무나무 종류들과 다르게 휘커스 움베르타는 좀 더 밝은 곳에 두는 것이 좋다.

Kang's 스타일링

✳ 추위에 약하므로 밝은 햇살이 비치는 거실 창가나 베란다 안쪽이 좋다. 넓고 두꺼운 잎에 수분을 보관하고 있어 물이 조금 말라도 민감하게 반응하지 않는다.

오묘한 존재감
드라세나 마지나타

아침에 눈을 뜨자마자 베란다 정원으로 나가 식물의 상태를 확인한다. 잎에 생기가 없거나 가지가 축 늘어진 모습을 보면 가드너의 가슴은 덜컹 내려앉는다. 아이가 아픈 것처럼 식물 걱정으로 종일 우울하다. 가드너의 감정 상태를 눈치챈 남편은 관리가 쉽고, 건조와 간접 광에 잘 견디는 식물로 키워보라 권한다. '그런 식물이 있어?' 의아해하며 인터넷을 뒤져보고, 식물 선생님에게도 물어보았다. 그렇게 알아낸 식물이 드라세나 마지나타이다.

드라세나 마지나타는 '행운과 번영'을 가져다준다는 꽃말

때문에 개업이나 집들이 선물용으로 자주 사용하지만, 수형이 예뻐서 인테리어 화보에도 등장한다. 또한 미니멀리즘과 맞닿아 있는 최소주의 생활에서 드라세나 마지나타 화분 하나로 비어있는 공간을 채운 듯, 비운 듯 오묘한 존재감을 주는 식물이다.

식물 키우기도 트렌드가 바뀐다. 하지만 드라세나 마지나타는 반짝 유행을 탔다가 사라지는 식물이 아니다. 식물 마니아들에게 오랜 시간 사랑을 받아오고 있다. 이유는 외형에 비해 관리가 까다롭지 않고 고상한 기품이 느껴지기 때문일까. 그 이국적인 느낌으로 인해 플랜테리어 식물로 인기가 많다. 검색한 자료를 보니 잎이 창처럼 길고 가늘며, 잎의 옆선을 따라 나 있는 줄무늬가 특징이다. 곧게 뻗은 가지 끝에서 가늘고 기다란 잎이 무리 지어 둥그렇게 퍼져 있다. 마치 소담스러운

나는 오늘도 식물과 열애 중

꽃송이 같다. 극도의 절제미와 여백의 미를 담고있다.

며칠 후 세종 코스트코에 물건을 사러 갔다가 원예 코너에서 드라세나 마지나타를 발견했다. 남편은 기뻐하며 키워보자고 한다. 하지만 햇빛 없는 실내 판매대에 얼마나 오래 있었는지 모를 일이다. 아마 죽어가고 있을 수도 있다. 매장 담당자에게 언제 입고 되었는지 물었다. 어제 들어왔다는 담당자의 말에 주저 없이 카트에 담았다.

드라세나 마지나타를 식물 식구로 들여온 후 가드너는 행복하다. 새로 산 가구를 쓰다듬듯 마지나타 잎을 하나하나 쓸어내린다. 손끝을 타고 잎의 질감이 전해진다. 살아있다.

Kang's 스타일링

✽ '행운과 번영'이라는 꽃말을 가지고 있다. 빛이 부족한 베란다 구석이나 거실에서도 잘 적응하여 키우기 쉬운 식물이다. 공기정화 능력이 뛰어나지만, 잎의 사포닌 성분이 독성을 지녀 구강을 자극해 구토를 유발한다. 따라서 반려동물이나 어린아이의 접근을 조심해야 한다. 건조함에 강하여 물 주는 간격이 넓다. 바쁜 직장인들이 무심히 키울 수 있는 식물이다.

나는 오늘도 식물과 열애 중

3

크리스마스 나무
아라우카리아

TV나 월간잡지를 보면 건강식품이나 약에 대한 광고가 많다. 모두 피로 해소에 좋다는 문구를 양념처럼 넣고 있다. 수면 부족과 스트레스 등 우리의 생활이 피로하다는 현실을 반영한 것이리라.

몸의 피로와 함께 정신적인 스트레스까지 풀기 원하는 사람에게 가드너는 약을 먹는 것도 중요하지만, 휴식을 취하라고 권한다. 식물을 키워보라고도 한다. 몸이 아파 입원할 정도가 아니라면 식물과의 교감을 통해 정서적인 환경을 바꿔주는 것만으로도 몸의 컨디션을 회복할 수 있다고 믿는다.

식물과 교감하는 일은 별 게 아니다. 화분에 물을 주고, 잎을 쓰다듬고, 식물을 바라보고 식물이 내뿜는 공기를 깊게 들이마신다. 그런 다음 좋아하는 차 혹은 커피를 한 잔 마신다. 이 순간이 바로 식물과 교감하는 시간이며, 일상의 쉼표를 찍는 일이자 재충전의 시간이다. 내 몸을 위한 배려다. 그러면 신기하게도 뭉쳐있던 근육이 풀리고 마음에 평화가 찾아든다. 가드너는 오늘 이렇게 아라우카리아와 함께한다. 언제나 푸릇푸릇 살아있는 크리스마스 나무다.

나는 오늘도 식물과 열애 중

아라우카리아는 가드너의 베란다 정원 한쪽 끝에서 십오
년을 함께하고 있다. 가족 같은 나무다. 볼 때는 뾰족한 잎이
따가울 것 같지만 만지면 연하고 보드랍다. 비록 식물이라 할
지라도 살아있는 것을 만지면 활력을 느낀다. 웅크리고 지쳐있
는 심신을 돌보고 일으키는 원천이기도 하다.

가을이 예쁘게 물들어 가고 있다. 그러나 아쉽게도 아름
다움은 오래 지속되지 않는다. 그래도 사계절이 있어서 다행
이다. 계절마다 분위기를 바꿔가며 아름다움을 만들고 즐길
수 있으니. 창밖의 나뭇잎이 모두 떨어지기 전에 미리 겨울 인
테리어를 시작해야겠다. 크리스마스 시즌에는 아라우카리아
에 미니 전구를 감아 빛나는 일상을 가족에게 선물해야겠다.
아름다움은 스스로 만들어 가는 것이니.

Kang's 스타일링

❋ '당신을 보호하겠습니다. 너를 위해 살다'라는 꽃말을 가지고 있다.
베란다 정원에서 키울 수 있는 침엽수라는 것이 특이하다. 낮은 온도나
빛이 들어오지 않는 실내에서도 잘 적응하여 자란다. 무엇보다 병충해
에 강하다. 대칭적인 가지가 자연스럽게 층을 이루고 있어 인테리어 식
물로 잘 알려져 있다.

4

쓰임새 다양한
남천

주택가 골목이나 빌라촌 미니정원 또는 아파트 조경수로 무심한 듯 공간을 채우고 있는 나무가 있다. 혹은 큰 화분에 심어 상가 앞 불법주차를 막는 용도로 쓰인다. 키가 크지도 작지도 않아 울타리 역할도 훌륭히 한다. 그야말로 쓰임새가 다양한 나무다. 그렇다고 외형이 형편없지도 않다. 수형을 잘 잡아 키우면 여느 조경수 못지않은 비주얼을 자랑한다. 특히 주렁주렁 달린 빨간 열매는 한겨울 눈 속에 파묻혀 있을 때 존재감이 극에 달한다.

아주 오래전, 식물에 관심이 없을 때였다. 가드너의 집 베

란다에 남천이 있었다. 가을이 되면 우수수 떨어지는 낙엽 때문에 지저분하고 청소하는 게 귀찮아 뽑아버렸다. 나중에 식물을 좋아하게 되면서 그때 남천을 뽑아낸 일이 후회되었다. 남천의 매력을 새삼 알게 되었기 때문이다. 기회를 봐서 다시 남천을 키울 생각을 하고 있었다.

나는 오늘도 식물과 열애 중

어느 날 차를 타고 아파트 쓰레기장 쪽을 지나가다가 남천을 발견했다. 누군가 버린 것이다. 즉시 차를 멈추고 달려가 봉투 안에 담긴 남천을 얼른 차에 실었다. '내가 예쁘게 키워 줄게.' 거저 얻은 남천이 반가웠다. 쓰레기장에서 뭔가를 주워가는 가드너의 뒤통수가 신경이 쓰였으나 어차피 버린 물건이지 않은가. 남천은 수형도 괜찮고, 심어진 토분도 딱 어울렸다.

집으로 가져와 화분의 흙을 파보니 오랫동안 물을 안 주어서인지 엄청 단단했다. 흙을 이리저리 뒤적여 주고, 알 비료 한 주먹을 골고루 파헤친 흙 속에 묻어 주었다. 그리고 물 샤워를 흠뻑 시켜줬다. 한결 싱싱해진 남천이 "고맙습니다. 감사합니다. 예쁘게 잘 자라서 베란다 정원의 아름다운 나무가 되겠습니다."라고 말하는 것 같았다.

남천의 꽃말은 '전화위복'이다. 화가 바뀌고 복이 된다는

뜻인데, 꽃말을 알고 나니 버려진 남천을 들여온 것이 복이 아닐까 싶다. 흰색의 꽃봉오리가 맺혔다. 이제 곧 꽃을 피울 것이다. 예쁜 꽃이 피고 열매가 열리면 씨앗 발아도 하고 싶다. 그해 여름 끝자락에 극적으로 만났던 남천. 가드너의 베란다 정원에 열려있을 탐스럽고 빨간 남천 열매를 머릿속에 그려본다.

나는 오늘도 식물과 열애 중

南天

김춘수

남천과 남천 사이
여름이 와서
붕어가 알을 깐다.
남천은 막 지고
내년 봄까지
눈이 아마 두 번은 내릴 거야 내릴 거야.

Kang's 스타일링

❋ 햇빛, 온도, 통풍이 중요하다. 베란다 정원에서 잘 자란다. 물을 줄 때는 흙이 마르기 전에 준다. 흙이 마르면 이파리가 우수수 떨어질 수도 있다. 겨울에는 흙이 안쪽까지 말랐을 때 물을 준다.

5

첫눈에 반한 최애 식물
필라덴드론 버킨

익숙한 식물이어도 자꾸 들여다보면 보이지 않던 것들을 발견하게 된다. 잎사귀에 은빛 빗살무늬를 세밀하게 그린 것 같은 무늬 콩고라고도 부르는 필라덴드론 버킨을 만나게 된 날이 기억난다. 자주 가는 화원의 구석 자리에 버려진 듯, 아무렇게나 놓여있는 버킨을 보는 순간 가드너는 첫눈에 반했다. 관리되지 않은 뿌리가 많이 노출되어 묵은둥이가 되어 있지만, 그 잎의 매력에 빠졌다. 은빛 빗살무늬 이파리에 반한 것이다.

여느 때처럼 버킨과의 첫 만남의 절차를 거쳤다. 천천히 다가가 한참을 바라본다. 식물도 가드너를 바라본다고 느끼며 손바닥으로 이파리를 쓰다듬는다. 화분을 이리저리 돌려가며 줄기와 잎들의 앞뒷면을 살펴본다. 줄기가 짱짱하고 건강함이 느껴지면 끝이다. 가드너와 함께할 식물이 되는 것이다.

"버킨, 함께 가자."

그리고 버킨은 가드너의 최애 식물이 되었다.

꽃

김춘수

내가 그의 이름을 불러주기 전에는

그는 다만

하나의 몸짓에 지나지 않았다.

내가 그의 이름을 불러주었을 때

그는 나에게로 와서

꽃이 되었다.

내가 그의 이름을 불러준 것처럼

        나는 오늘도 식물과 열애 중

나의 이 빛깔과 향기에 알맞은

누가 나의 이름을 불러 다오.

그에게로 가서 나도

그의 꽃이 되고 싶다

우리들은 모두

무엇이 되고 싶다.

너는 나에게 나는 너에게

잊혀지지 않는 하나의 눈짓이 되고 싶다.

무언가를 만난다는 것은 한순간의 강한 끌림이 있기 때문
이다. 그 순간 서로 시선을 교환하고 무언의 대화가 이루어진

나는 오늘도 식물과 열애 중

다. 그리고 관계를 이어간다. 사람과의 관계도 그렇고 식물과의 관계도 그렇다.

식물은 식물로서의 존재보다는 가드너의 마음을 위로하고 힐링을 준다. 때론 외롭고 아픈 마음을 치유해 주는 반려로서의 식물이다. 베란다 정원에서 키우는 수백 개의 식물 모두 가드너의 마음속에 큰 공간을 차지한다.

올해는 식물의 유행을 따르지 않을 작정이다. 좋아하고 끌리는 식물로 가드너의 베란다 정원을 가꿔 보려 한다. 식물이 주는 삶의 변화를 꿈꾸며 어떤 식물을 만나게 될지, 어떤 모습으로 자라게 될지 상상하는 즐거움도 크다.

은빛 빗살무늬가 독특한 필라덴드론 버킨을 보면서 그것과 처음 만났을 때 감성을 소환해 본다. '행복이 날아든다'라는 꽃말처럼 행복이 가드너의 마음속으로 팔랑팔랑 날아 들어왔다.

Kang's 스타일링

> ✻ 직사광선이 없어도 통풍만 잘된다면 베란다 정원과 거실에서 잘 자란다. 물 주는 간격이 넓다. 공중습도가 높은 것을 좋아하기 때문에 분무를 자주 해준다. 건조에 강하지만, 과한 습도에 약하다. 의외로 추위에 약하다.

6

예수의 고난을 닮은

꽃기린

지난 5년은 근사한 카페에 가서 커피 한잔 마실 시간도 없었다. 하루를 오로지 베란다 정원에서 식물의, 식물을 위한, 식물에 의한 시간을 보내고 있었기 때문이다. 덕분에 단골 카페가 아닌, 단골 화원이 생겼다. 다른 사람들이 멋진 카페에서 휴식하는 시간에 가드너는 단골 화원에서 식물 쇼핑을 하면서 눈 호강을 한다.

어느 날 남편과 단골 화원을 둘러보다가 키가 남편보다 한 뼘이나 더 큰 꽃기린을 만났다. 남편은 선인장에 꽃기린을 접붙여 키운 이 식물을 마음에 들어 했다. 화원 주인이 개업 초

창기에 손수 접붙여서 지금까지 키운 것이라고 한다. 그 세월이 몇 년인가. 굵어진 목대에 세월의 흔적이 고스란히 담겨 있다. 결국 가드너의 베란다 정원에서 남편의 나무가 되었다.

꽃기린은 어쩌다 가드너의 집에 놀러 오는 사람들에게 관심과 찬사를 받는 식물이 되었다. 지인들 대부분은 꽃기린을 보고 탄성을 지른다. 굵은 선인장 위에 접붙여진 꽃기린의 크기와 위용에 압도당한다.

꽃기린이 지닌 의미는 특별하다. 그리스도의 식물, 그리스도의 가시, 가시면류관이라는 뜻이 있다. 예수님이 십자가의 고난을 겪을 때 머리에 썼던 가시면류관 때문인지 예수님의

꽃이라 부르기도 한다. '고난의 깊이를 간직하다'라는 꽃말을 들으면 왠지 숙연해지기도 한다.

꽃기린은 줄기 전체에 날카로운 가시들이 솟아나 있다. 긴 줄기의 끄트머리에는 대롱 모양의 빨강 꽃이 올망졸망 핀다. 꽃기린이란 이름은 줄기 끝에 달린 꽃이 솟아오른

나는 오늘도 식물과 열애 중

모습이 기린처럼 생겼다고 하여 붙여진 이름이다. 보는 관점에 따라서는 기린의 모습을 찾기 쉽지 않지만, 가드너의 베란다 정원에서 키우는 꽃기린은 정말 기린을 닮았다.

겨우내 꽃을 피우는 생명력 강한 꽃기린은 꽃으로 알고 있는 부분은 포이며, 빨강 알갱이처럼 생긴 것이 꽃이다. 향이 강하지 않아 꽃향기에 민감한 사람도 부담이 없다. 베란다 천정을 향해 높이 솟아오른 크기 때문인지 가만히 바라보고 있으면 답답했던 마음이 시원하게 열리는 듯하다.

 Kang's 스타일링

✳ 밤에 산소를 뿜어내기 때문에 침실에 두면 좋다. 낮에는 햇빛이 잘 들어오는 베란다 창가에 둔다. 한 달에 한 번 정도만 물을 줘도 되니 키우기 참 쉽다.

7

황망히 떠난 조카를 생각하며

아이스크로톤

가드너의 집 근처에 오일장이 열리는 장터가 있다. 알고는 있었지만, 가본 적은 없다. 시장보다는 마트가 익숙하기 때문이리라. 얼마 전 꽃보다도 더 예쁜 나이에 황망하게 떠나버린 조카의 사십구제에 다녀오다 마침 오일장터 옆을 지나게 되었다. 마음도 심란하던지라 차를 세우고 장터 안으로 들어갔다. 장터는 온갖 생필품을 사고파는 사람들이 어울려 북적거렸다.

이곳저곳 눈요기를 하며 장터 끝까지 갔을 때 가드너의 눈길을 멈추게 한 곳, 바로 식물원이다. 꽤 넓은 공간을 차지하고 있지만, 정돈되지 않고 어수선했다. 그럼 어떠한가. 가드너는 마치 식물원이 내집인 양 늘어져 있는 식물들을 하나하나 찬찬히 들여다보며 식물 쇼핑에 열중했다. 피지도 못하고 시들어 버린 조카 생각을 잠시라도 놓을 수 있었다.

꽃은 아닌데 꽃보다 잎이 더 예쁜 어떤 관엽식물 앞에서 가드너의 동공이 커졌다. 화려하고 알록달록한 잎 무늬가 독특한 식물이 시야에 잡힌 것이다.

"아저씨, 이 화려한 나무는 이름이 뭐예요?"

"아이스크로톤입니다."

키는 130cm 정도 돼 보이고 무성한 잎이 빨강, 노랑, 주황, 초록, 자주, 연둣빛으로 다양한 색을 띠고 있다. 그야말로 울

긋불긋하다. 빛에 따라 이파리의 색깔이 변하여 변엽목이라
고도 불린다.

화원에서 십 년 이상을 키운 식물이라고 한다. 아파트 베
란다에서도 아주 잘 클 것이라며 잘못 키워 초록별로 보내는
걱정은 하지 않아도 된단다. 안심하고 아이스크로톤을 베란
다 정원으로 데려왔다. 가격도 생각보다 착해서 마음에 들었
다. 아이스크로톤을 가져오면서 다시 조카를 생각하니 억장
이 무너진다. '혹시 식물 좋아하는 고모를 위하여 장터의 식
물원으로 인도했나?'라는 생각도 들었다.

베란다 정원의 창가 쪽에 자리해 두었다. 초록초록했던 공
간에 아이스크로톤이 들어가니 꽃이 핀 것처럼 화사해졌다.

나는 오늘도 식물과 열애 중

아이스크로톤의 꽃말은 '교염'이다. 교태가 있고 요염하다는 뜻이다. 울긋불긋 다양한 색깔을 가지고 있는 크로톤에게 어울리는 꽃말이다.

아이스크로톤을 볼 때마다 조카가 생각난다. 그리곤 창밖으로 조카가 있을 그곳 하늘을 올려다본다. 그날 이후 가드너는 오일장이 열리는 날을 달력에 표시해 놓았다. 그리고 장터 화원의 단골이 되었다.

Kang's 스타일링

❋ 베란다 밝은 빛에서 키운다면 크로톤의 잎 색상이 더 선명해지고 건강하게 키울 수 있다. 잎의 색깔이 화려하고 빛에 대한 적응력이 뛰어나 약간 어두운 실내에서도 잘 자란다. 그러나 잎의 화려한 색이 초록으로 나온다. 뿌리와 잎을 잘랐을 때 나오는 수액은 독성이 있어 섭취할 경우 설사를 유발할 수 있다. 반려동물이나 어린아이들은 조심한다.

8

가지치기로 멋진 수형을
무늬 뱅갈고무나무

어릴 적 시골집에 감나무가 여러 그루 있었다. 달콤한 맛이 일품인 단감나무, 크고 뾰족한 대봉시 감나무가 집 둘레 언덕에서 자랐다. 그 언덕을 올라다니며 설익은 감을 주워 먹다가 떫은맛에 '에~퉤퉤' 하고 뱉어냈다. 또 신발을 벗어놓고 감나무를 기어오르다 할머니한테 꾸중을 듣곤 했다. 할머니는 주렁주렁 열린 감이 붉게 익어갈 때면 감 따는 장대로 아버지와 감을 땄다. 감을 다 따고 나면 언제나 가지치기를 하셨다. 나무가 크면 감이 많이 열릴 것이라고 믿던 어린 가드너는 왜 나무를 자르냐고 할머니에게 물었다.

"나무가 건강하고 감이 많이 열리게 하려면 이렇게 잘라

주는 것이 좋단다."

할머니의 답변이 완벽히 이해되지 않았지만, 그런가보다고 생각했다.

나무의 가지를 잘라주는 가지치기는 여러 목적이 있다. 나무를 아름다운 모양으로 만들고, 과실수의 경우에는 열매가 크고 튼실하게 열릴 수 있도록 하기 위함이다. 보다 더 근본적인 이유는 병든 가지나 손상된 가지를 잘라줘 나무 자체를 건강하게 키우기 위해서다. 잎이 나오기 전에 가지를 잘 정리해줘야 봄이 되면 나무는 더 건강하게 잎을 내주고 꽃을 피운다.

사람도 성숙한 인간이 되기 위해서는 가지치기가 필요하다. 편견이나 이기심 같은 불필요한 잔가지를 버려야 한다. 그래야 건강한 정신의 소유자가 될 수 있다. 가드너도 주변 사람

나는 오늘도 식물과 열애 중

들에게 자신도 모르는 사이 개인의 잣대를 내밀고 상처를 입혔을 것이다. 무늬 뱅갈고무나무를 가지치기하면서 스스로 돌아보니 그랬다.

베란다 정원의 뱅갈고무나무는 뽕나무과에 속하는 식물로 십여 년을 함께 했다. 진한 연두 무늬와 노란 무늬가 알맞게 섞여 있는 잎을 보고 있노라면 숲이 느껴진다. 잎이 나온 지 오래될수록 진한 연둣빛이다. 식물의 잎 색깔이 만들어 내는 베란다 정원은 숲의 공간이자 평화의 공간이다.

무늬 뱅갈고무나무는 관리가 쉬워 오래전부터 실내식물이나 승진, 축하, 개업선물로 사랑을 받아왔다. 하지만 너무 쑥쑥 자라는 통에 어느 순간 가지가 사방팔방으로 퍼진다. 가지가 서로 겹쳐 수형이 흐트러지고 빛도 골고루 받을 수 없다. 가지치기가 필요한 순간이다.

혹자는 가지치기가 식물을 괴롭힌다고 생각해 그대로 키우기도 한다. 그런 경우 나무가 웃자라 모양이 제멋대로다. 사람의 머리를 제때 자르지 않으면 쑥대머리가 되듯 나무도 적당한 시기에 가지치기를 해줘야 한다. 그래야 보기 좋은 나무로 기를 수 있다.

무늬 뱅갈고무나무를 가지치기하는 방법은 새로운 가지가 나오기를 원하는 지점의 위에서 잘라낸다. 자르고자 하는 가지를 잡고 반대 방향으로 살짝 밀어주면 쉽게 잘린다. 그러면 자른 부분의 양쪽에서 다른 줄기가 나오고 예쁜 수형의 뱅갈고무나무로 자란다. 아래쪽의 잔가지를 잘라주고 윗부분의 가지치기를 여러 번 해주면 더욱 풍성한 나무로 자란다.

오늘도 베란다 정원에서 가드너의 하루가 저물어 간다. 무늬 뱅갈고무나무의 가지치기를 하면서 자기성찰의 시간도 가져본나.

Kang's 스타일링

❋ '변함없는 사랑, 영원한 행복'이라는 꽃말이 어울린다. 햇빛을 좋아하고, 빛의 양에 따라 무늬가 생기는 식물이다. 햇빛을 잘 받게 되면 잎 가장자리에 노란 무늬가 선명하다. 실내 공기정화 식물로 도톰한 잎 속에 물을 저장해 놓는다. 따라서 물을 자주 주지 않아도 된다. 베란다나 거실에서 매우 잘 자란다. 가지치기에 가장 좋은 시기는 생장이 활발한 봄부터 여름까지다. 잘라낸 가지를 물꽂이 하면 새로운 뱅갈고무나무로 번식이 가능하다.

나는 오늘도 식물과 열애 중

9

이름처럼 예쁜

수채화고무나무

해마다 2월이 되면 남편은 직장 동료들의 승진과 영전을 축하하기 위해 화분을 선물한다. 올해도 축하해 줘야 할 분들의 명단을 받았다. 자칭 식물전문가인 가드너에게 도움을 요청한 것이다. 집에서 그리 멀지 않은 단골 화원을 찾아갔다. 쌀쌀한 바람이 옷깃을 여미게 하는 날씨지만, 봄이 오는 것을 가장 잘 알 수 있는 곳은 화원이다. 화원에는 언제나 예쁜 색색의 꽃들로 넘쳐난다.

화원을 천천히 돌면서 봉긋이 피어오른 작은 꽃들을 살펴보았다. 날씨는 아직 봄이 오려면 멀었는데 화원은 벌써 꽃 잔치로 봄이 완연하다. 이 꽃 저 꽃을 구경하다 수채화 고무나무 앞에서 걸음을 멈췄다. 이름처럼 예쁜 나무다. 넓은 잎은 가장자리가 노란색으로 둘러싸여 있고, 잎맥 양쪽으로 진녹색 물감을 쓱쓱 칠해 놓은 듯하다. 고민할 필요 없이 남편 직장 동료들의 승진과 영전 선물을 수채화 고무나무로 정했다.

나는 오늘도 식물과 열애 중

일 년 전쯤 안면도 꽃박람회에 갔을 때 물감으로 붓칠을 해놓은 것처럼 생긴 잎 무늬에 반했다. 잎이라는 도화지에 그린 수채화 같았다. 가드너의 베란다 정원에서 자라고 있는 뱅갈고무나무, 떡갈잎고무나무 등 고무나무 종류가 많이 있지만, 수채화고무나무를 가져다 놓으니 베란다가 훨씬 풍성해졌다. 이름대로 아름답기까지 하다. 생명력도 강하다.

남편의 직장 동료와 선배 선생님들이 수채화고무나무를 받고 행복해하는 모습을 상상해 본다. 그들이 꽃말처럼 '행복한 순간'이 되기를 바라는 마음도 함께 보냈다.

Kang's 스타일링

✽ 직사광선에 잎이 탈 수 있으니, 간접 광으로 키워야 멋진 무늬를 유지할 수 있다. 잎 가장자리의 노랑색은 광합성을 못 한다. 빛이 부족한 공간에 오래 있으면 살기 위해 광합성이 가능한 연두 부분이 빛을 더 많이 받기 위해 진해지면서 무늬가 옅어진다. 무늬가 계속 유지될 수 있도록 적합한 환경에서 키우는 것이 중요하다. 햇빛을 보는 시간과 빛의 강도에 따라 무늬가 결정되니, '햇빛이 그려주는 그림'이다. 과한 습도에 약하다. 화분 속의 흙까지 말랐을 때 충분하게 물을 준다. 물 주기를 자주 놓치는 초보 식집사들이 식물 키우기에 자신감을 가질 수 있는 식물이다.

제5장

식물 사랑의 멜로디

· 시서스 엘렌다니카 ·
· 틸란드시아 ·
· 아이비 ·
· 카멜리온 포체리카 ·
· 트리쵸스 ·
· 나비란 ·
· 스킨답서스 ·
· 아메리칸블루 ·

할머니도 키우세요?

시서스 엘렌다니카

베란다 정원에서 무심히 창밖을 내려다보고 있었다. 건너편 주택가가 눈에 들어온다. 새로 조성한 주택단지에 하나둘 집이 들어서더니 어느새 동네가 형성되었다. '오늘은 저 동네를 가 봐야지.' 새로운 길에 대한 궁금증이 일었다.

역시나 주택가 길은 평소 걷던 공원과 다른 느낌을 준다. 새로운 풍경이다. 처음 마주한 길을 낯선 여행자처럼 두리번거리며 걸었다. 길을 따라 새로 지은 집 앞에 멈춰서서 마당의 정원을 구경하는 재미도 기대 이상이다.

주택가는 집마다 주인의 취향이 고스란히 녹아있다. 대문의 형태나 집의 전체 분위기를 보며 집주인은 어떤 사람일까, 창 안에 어떤 식물을 들였을까, 집안에 식물은 어떻게 배치했을까, 상상해 본다. 간혹 현관 앞에 가드너가 좋아하는 식물이 보이면 왠지 모를 동질감과 연대감이 느껴진다. 요즘 주택은 담장이 없거나 키 낮은 나무 울타리로 되어있어 집안을 들여다볼 수 있다. 덕분에 즐거운 집구경이 가능하다.

천천히 걷다가 한 집에서 시서스 엘렌다니카가 큰 창에 걸려있는 것을 보았다. 가드너의 창에도 걸어놓은 시서스 엘렌다니카다. '이 집 주인도 좋아하는구나!' 입꼬리를 올리던 그때 물 조리개를 들고 나오는 할머니와 눈이 마주쳤다.

"할머니도 시서스 엘렌다니카를 키우세요? 저도 키우고 있거든요."

남의 집을 몰래 엿보다 들킨 것이 계면쩍어 얼른 말을 걸었다.

"애기 엄마도 키워? 줄기가 아래로 내려오는 것이 이뻐!"

할머니가 환한 얼굴로 대답한다.

시서스 엘렌다니카는 시원한 느낌을 주는 덩굴식물로 언뜻 보면 포도잎처럼 생겼다. 잎의 생김새 때문에 그레이프 아이비라고도 불린다. 잎 모양이 독특하고 반지르르하니 윤기가 도는 식물로 키우기도 쉽다. 새로운 잎이 나올 때는 은빛을 띠고 자랄수록 진녹색으로 변한다.

나는 오늘도 식물과 열애 중

꽃말이 '기쁨'인 것처럼 잘 늘어진 형태를 보는 것만으로도 식물 키우는 기쁨을 준다. 초록을 품은 주택가 산책에서 돌아와 가드너의 베란다 정원을 휘이 둘러본다. 주택가에서 본 마당 정원은 정원대로, 베란다 정원은 또 그것대로 새롭다.

Kang's 스타일링

✻ 여름철 강한 햇빛에 잎이 타버리기도 하니, 적당한 빛이 있는 그늘에서 키운다. 관리하기 쉽고 잘 자라 키우는 기쁨도 주지만 무엇보다 정말 예쁘다. 베란다 정원에서 잘 자라고 공기정화에도 탁월하다. 걸이대에 걸어 키우거나 높은 화분 받침대에 올려놓으면 아래로 늘어지는 줄기와 예쁜 잎을 감상할 수 있다. '그레이프 아이비'라는 유통명도 있다.

다양한 그릇 다양한 모습
틸란드시아

식물을 예쁘게 보이기 위해 신경 쓰는 것 중 하나가 바로 화분이다. 그러나 비싼 화분이 좋을 것도, 가격이 싼 화분이라고 나쁠 것도 없다. 식물과 화분의 조화가 중요하다. 다만 식물을 있는 모습 그대로 표현하고, 초록이 주는 안정감을 느낄 수 있느냐가 우선이다.

취미활동을 하다 보면 고가의 소품들을 갖고 싶은 욕심이 생긴다. 더 좋은 것을 구입하려는 유혹에 많은 지출을 한다. 소위 말하는 장비빨이라 하여 동네 뒷산을 오르면서도 히말라야 등반을 하는 것처럼 의복을 갖춘다. 가드너 역시 한때 화분에 매료되어 식물 고수들이 갖고 싶어 하는 화분을 사기 위해 이천까지 다녀왔다. 그러나 식물을 키우는 시간이 지남에 따라 걸 보다 본질이 중요함을 깨달았다. 비싼 화분보다는 식물과 얼마나 조화를 잘 이루는지에 중점을 두게 되었다.

지난해 딸과의 여행 중 샌프란시스코 근교에 있는 'Hobby Lobby' 용품 가게에 들렀다. 넓은 매장에 처음 보는 용품들이 수천수만으로 진열된 것을 보고 벌어진 입이 닫히질 않았다. 두 시간 정도 돌았지만, 반도 못 돌았다. 한곳에서 긴 속눈썹에 이국적인 얼굴 모양의 화분을 보았다.

"어머나! 화분이 이렇게 예쁠 수가!"

꽃보다도 더 예쁜 화분이었다. 화분을 만지작거리고 있는 엄마의 마음을 알았는지 딸이 선물로 사줬다.

여행에서 돌아와 딸이 선물해 준 화분에 틸란드시아를 담았다. 얼굴 모양 화분에 틸란드시아가 참 잘 어울린다. 틸란드시아는 화분에 흙을 넣지 않고 식물 그대로 담아두면 된다. 틸란드시아를 있는 그대로 잘 보여준다면 어떤 화분에 담은들 어울리지 않을까. 틸란드시아는 오히려 다양한 그릇에 의해 다양한 모습을 보여주는 변화무쌍한 식물이다.

틸란드시아의 꽃말은 '불멸의 사랑'이다. 언뜻 특징 없는

나는 오늘도 식물과 열애 중

이 식물이 요즘 인기가 높다. 먼지를 먹기 때문이다. 미세먼지로 몸살을 앓고 있는 요즘 공기정화 식물로 잘 알려져 집집마다 하나쯤은 키우고 있다. 수염 틸란드시아는 행잉으로 키운다. 풍성하게 늘어진 수염이 플랜테리어 효과를 높여준다.

Kang's 스타일링

✽ 공기 중에 있는 먼지를 흡수한다. 흙이 필요 없어 아기가 있는 집에서도 깔끔하게 키울 수 있다. 틸란드시아의 표면을 덮고 있는 미세한 솜털을 트리콤이라 부른다. 이 솜털을 통해 공기 중의 수분이나 유기물을 흡수하며 살아간다. 트리콤이 하얗게 변했다면 물을 달라는 신호로 생각하자. 분무를 자주 해주고, 한 달에 두 번 정도는 대야에 물을 담고 삼십 분 정도 담가준다.

어머님과의 추억을 잇는
아이비

어머님은 막내며느리인 가드너를 데리고 명절 장보기를 좋아하셨다. 명절 장을 보면서 곶감도 사주시고, 떡집 앞에서는 김이 모락모락 나는 콩고물 잔뜩 묻힌 인절미를 며느리 입에 넣어주곤 하셨다. 그해 추석 연휴에도 어머님과 함께 명절 장을 보러 나섰다.

명절을 맞아 시장에 나온 사람들의 얼굴은 누구 할 것 없이 웃음이 가득했다. 오가는 사람들과 물건을 흥정하는 사람들의 들뜬 목소리가 시끄러웠음에도 어머님과의 추석 장보기는 묘한 흥분과 즐거움이 있었다. 시장 끝까지 걸어가면서 사야 할 물건을 눈으로 확인한 후 다시 돌아 나오며 봐 두었던 물건들을 시장바구니 안에 차곡차곡 담았다.

정육점을 지나고, 건어물 가게, 과일가게, 생선가게를 들러 시장 입구에 다다랐을 때 식물을 판매하는 곳이 보였다. 어머님은 한참을 이리저리 구경하시더니 무늬 아이비 하나를 소중하게 품에 안으셨다. 다른 아이비와 비슷하지만, 유독 윤기가 자르르 흘렀다. 게다가 튼튼한 줄기와 새끼오리 발바닥처럼 생긴 이파리가 수북하니 좋아 보였다.

어머님은 집에 돌아와서도 아이비를 식탁 한쪽에 놓고 줄곧 바라보셨다. "어머니, 아이비가 그렇게 예쁘세요?"라고 물으니 어색하게 웃으시면서 "요 녀석이 '할머니! 나 할머니 따라가

고 싶어요.'라고 하는 것 같아 그냥 올 수 없었다."고 하신다. 가드너는 푸훗 웃으며 아이비를 향해 "네가 정말 그렇게 말했니?" 했더니 어머님도 따라 활짝 웃으셨다.

어머님은 이듬해 2월 지병으로 유명을 달리하셨다. 장례를 마치고 가족들과 함께 어머님의 유품을 정리하고 돌아서려는데, 식탁 위에 축 늘어진 아이비가 눈에 들어왔다. 할머니를 따라가고 싶다던 아이비가 이제는 할머니를 볼 수 없다는 것을 알고 있는 듯이 줄기와 잎이 축 처져 있었다. 어머님이 소중하게 품에 안았던 아이비를 가드너의 품에 안아 베란다 정원으로 데려와 걸이대에 걸었다.

그로부터 오 년째 잘 자라고 있는 무늬 아이비를 볼 때마다 어머님과의 추억을 떠올린다. 그사이 화분 주변으로 줄기가 무성하게 뻗어 내렸다. 새로 나오는 줄기를 잘라 물에 꽂아

나는 오늘도 식물과 열애 중

주니, 희고 작은 뿌리가 나와 화분에 옮겨심어 개체 수를 늘리고 있다. 식물을 잘 키우셨던 어머님, 무늬 아이비를 어떤 매력 때문에 선택하셨을까? 먼저 보내신 아버님 생각이 나셨을까? 자녀들이 자주 오지 않아 외로운 마음을 위로받고자 하셨을까? 새로 심은 아이비 하나에 어머님과의 추억 하나, 아이비 두 개에 추억 두 개……. 가드너는 어머님이 기르던 아이비를 대신 기르며 살아생전 어머님과의 추억을 이어가고 있다.

Kang's 스타일링

❋ '진실한 애정'이라는 꽃말을 가지고 있는 아이비는 침실이나 베란다 정원의 걸이대에 걸어두면 줄기가 늘어지면서 풍성하게 자란다. 추위를 잘 견디는 식물이라 베란다 월동이 가능하다. 늘어진 줄기를 자를 때 나오는 수액은 독성이 있다. 반려동물이나 어린아이들 손에 닿지 않는 곳에서 키운다.

4

한때 채송화였던 여름꽃

카멜리온 포체리카

나는 오늘도 식물과 열애 중

친정엄마는 꽃을 좋아하셨다. 담장을 따라 장미를 가꿔 6월이면 붉은 장미를 피워 냈고, 마당에는 채송화와 봉선화를 해마다 심으셨다. 덕분에 가드너는 어릴 적 늘 꽃을 보고 자랐다. 꽃을 좋아하셨던 엄마의 영향으로 성인이 되어서도 꽃을 좋아한다.

꽃을 좋아하다 보니 때로는 몸이 고생한다. 햇볕이 쨍쨍 내리쬐는 여름날, 땀을 뻘뻘 흘리며 근처 화원이나 꽃시장을 다니니 말이다. 뜨거운 여름에는 그저 시원한 에어컨 바람을 쐬며 실내에 머무는 것이 신선놀음일 텐데, 오로지 꽃을 보겠다는 일념이 앞서 꽃이 있는 곳을 찾아 나선다. 활짝 핀 여름꽃을 볼 수 있다면 그까짓 땀쯤이야 닦아내면 그만이다.

무덥고 습기 가득한 여름, 어떤 꽃을 베란다 정원으로 가져가면 생기가 더할까? 머리를 굴려 본다. 대표적인 여름꽃으로 천일홍, 일일초, 채송화가 있다. 일일초는 남편의 직장 동료가 보내온 게 있으니, 천일홍을 데려갈까? 어릴 적 부르던 동요 〈아빠하고 나하고〉에 등장한 채송화? 결국

채송화를 품종 개량한 포체리카를 선택했다.

포체리카는 햇빛의 영향을 많이 받는다. 햇빛을 받으면 붉은색 잎이 나오고, 반그늘에서 자라면 녹색 잎이 나온다. 번식력이 아주 좋으며 물을 그다지 좋아하지 않는 식물이다. 꽃은 진분홍, 노랑 등 다양하다. 꽃잎은 다섯 장으로 되어 있다. 우리가 익히 알고 있는 채송화와 쇠비름이라는 풀을 섞어 계량된 원예종으로 채송화와 비슷하다. 아니 잎만 좀 다르고, 꽃도 줄기도 채송화와 똑같아서 가드너는 그냥 채송화라고 부른다.

매일 새로운 꽃이 피는데, 당일에 핀 꽃은 저녁에 지고 다음 날 다른 곳에서 꽃이 핀다. 여러 개의 꽃이 열 시 정도에 순차적으로 피기 시작하여 오후 늦게 진다. 꽃을 보려면 피고

나는 오늘도 식물과 열애 중

지는 시간을 맞춰야 한다. 벌들이 포체리카 주변에 많이 날아든다. 11층 가드너의 베란다 정원에도 열어놓은 창으로 벌들이 가끔 날아든다. 식물을 키우기 전에는 벌을 보면 놀라 빗자루부터 휘둘렀을 텐데, 이제는 스마트폰을 들고 살금살금 다가가서 사진을 찍는다. 오늘 아침에도 꽃을 찾아 들어온 벌을 찍느라 가드너는 베란다 정원의 꽃길을 서성인다.

 Kang's 스타일링

✽ '가련함, 순진, 천진난만, 우정'이라는 꽃말을 가지고 있는 포체리카는 베란다 햇빛이 잘 드는 곳에서 키우면 예쁜 꽃을 매일 볼 수 있다. 줄기는 눕거나 비스듬하게 자란다. 자주 물을 주지 않아도 된다. 비교적 기르기 쉬워 식물 초보자에게 추천하는 식물이다.

정열의 붉은 꽃
트리쵸스

하얀색의 둥근 플라스틱 화분에 풍성한 잎이 그득하다. 흘러내린 줄기마다 암적색 꽃(?)이 달려있다. 꽃이 매우 인상적이었다. 꽃 같기도 하고 아닌 것 같기도 하다. '처음 보는 식물인데 뭐지?' 일단 키워보고 싶었다.

"이 식물 이름이 뭐예요? 가격은 어떻게 해요?"

화원 사장님께 궁금증을 묻고는 대답도 듣지 않고 화분을 번쩍 들었다. 키우겠다는 의지다.

"무슨 꽃이 색깔도 시커멓고 징그럽게 생겼지? 그런 걸 왜 사?"

남편 눈에는 이상한 식물로 비쳤나 보다.

"무슨 그런 말씀을 하세요? 트리쵸스가 얼마나 예쁜 꽃인데요? 시커멓고 징그럽다고 하는 것은 꽃이 아니고 꽃받침입니다. 거기에서 붉은 꽃이 필 거예요. 사람들이 다 예쁘다고 칭찬하는 식물인데."

그제야 남편은 "아하! 신기하네요."라며 고개를 끄덕인다.

가드너는 트리쵸스를 베란다 정원의 걸이대에 걸었다. 덩굴식물이라 줄기가 보기 좋게 흘러내렸다. 암적색 원통형 꽃받침에서 피어날 붉은 꽃이 기대되었다. 꽃은 일주일이 되는 날부터 보이기 시작했다. 암적색 꽃받침에서 붉은 꽃이 나왔

다. 붉은 립스틱이 튜브를 밀고 올라오는 형상이다. 원통형 꽃받침 속에서 붉고 강렬한 빨간 꽃이 폭죽을 터트리는 것 같기도 하다.

나는 오늘도 식물과 열애 중

"아! 정말 다른 꽃과는 견줄 수 없을 정도로 예쁘구나!"

남편도 감탄을 연발한다. 밑으로 흘러내리는 덩굴마다 암적색 꽃받침에서 촘촘히 피어나는 정열의 붉은 꽃은 가히 아름다움의 극치다.

Kang's 스타일링

✳ '당신 곁에 있어 행복합니다'라는 꽃말을 가지고 있다. '립스틱 플랜트'라는 유통명도 있다. 베란다에서 키울 경우 걸이대 식물로 안성맞춤이다. 직사광선을 피해 베란다의 양지바른 곳에서 키우면 연중 꽃을 볼 수 있다. 과한 습도와 추위에 약한 식물이다. 물이 필요할 때가 되면 잎이 마르고 얇아지기 시작한다. 이때 물을 주면 되니, 식물 초보에게 더할 나위 없이 키우기 쉬운 식물이다.

6

도도한 존재감
나비란

날씨가 갑자기 추워졌다. 바깥의 찬 공기로 인해 베란다 정원에도 으스스 한기가 돈다. 식물들이 아직 추위에 적응하지 못할 것 같아 난로를 피웠다. 앞으로도 추운 날이 계속되겠지. 쌀쌀한 날씨에도 아랑곳하지 않고 언제나 그 모습 그대로 베란다 정원의 화단을 지키고 있는 나비란의 자태가 오늘따라 서늘하다. 왜 나비란이라고 할까? 나비가 날아 온 듯하여 붙여진 이름일까? 꽃이 나비를 닮아서일까? 궁금하면 알아보는 게 인지상정이다. 그렇다. 하얀 꽃이 나비를 닮았고, 잎은 난처럼 생겼다 해서 나비란이라고 부른다.

나비란의 외형은 단정하다. 특히 잎 가장자리를 두른 줄무늬가 돋보인다. 나비란을 보면서 문득 오래전 읽었던 트리나 파울루스의 《꽃들에게 희망을》이 떠오른다. 나비란의 소박한 아름다움은 마치 대단한 것이 있을 것 같아 너도나도 서로를 짓밟고 올라가 보니, 아무것도 아니었음을 깨닫는 세상의 이치를 알게 한다. 오히려 자신만의 길을 걷고 고치 속에서 나비가 되어 훨훨 날아가는 노랑 애벌레를 닮았다. 나비란은 베란다 정원의 온갖 화려한 식물에 비교되지 않는 도도한 존재감으로 자신의 자리를 굳건하게 지키고 있다.

　가드너는 베란다 정원의 식물들과 함께하면서 날마다 행복하다. 그럼에도 가끔은 원인을 알 수 없는 우울감이 찾아온다. 때늦은 갱년기 증상인 것도 같고, 험한 세상을 향한 소리 없는 경계의 몸짓 같기도 하다. 그럴 때마다 가드너는 나비란을 보며 소박하지만 도도한 존재감을 배운다. 웬만해서는 흔들리지 않는 꿋꿋함을 닮으려 한다.

　　　　　　　　　　　　나는 오늘도 식물과 열애 중

'행복이 날아온다'라는 꽃말처럼 나비란은 가드너의 베란다 정원에 행복을 안고 날아오는 나비다. 가드너도 날고 싶다. 밟혀도 이겨내고 다시 살아나는 나비란의 강한 생명력을 닮은 자유로운 나비가 되고 싶다. 그러기 위해 어떤 고통이 와도 참고 견디자고 다짐한다.

Kang's 스타일링

❋ 무늬 접란이라는 유통명이 있다. 여름철의 직사광선을 피하고, 겨울 추위에 약하니 15도 이상 온도를 유지해 준다. 물을 좋아할 것 같지만, 많이 좋아하지 않는다. 생명력이 강하여 초보자도 쉽게 키울 수 있는 식물이다. 독성이 없어서 반려동물이나 아기가 자라는 집에서 키우기 안전하다.

7

그린인테리어 담당
스킨답서스

식물을 보살핀 세월이 늘어난 만큼 화분 개수도 수백 개로 늘었다. 사람들은 식물 이야기가 나오면 가드너에게 질문한다. "힘들지 않니?", "그 많은 화분을 직접 관리하니?", "식물 초보인데 어떤 식물부터 키우면 좋니?" 등등.

가드너는 대답한다. 식물을 키우면 힘들기는커녕 매우 즐겁다. 화분 관리가 곧 힐링이다. 식물 키우기는 본인의 취향이 중요하지만, 처음 키우려 한다면 관엽식물은 떡갈잎고무나무를, 덩굴식물은 스킨답서스를 추천한다고.

스킨답서스를 걸이대에 걸거나 높은 곳에 올려놓으면 자라

면서 줄기가 아래로 늘어진다. 그 속도가 빠르고 잎이 적당히 넓어 금방 그린인테리어를 대신할 수 있다. 예전에 태국 여행

나는 오늘도 식물과 열애 중

중 들른 한 호텔에서 본 스킨답서스의 위용이 지금도 생각난다. 로비에서 올려다본 객실마다 복도 쪽에 스킨답서스를 키우고 있었다. 사계절 온도가 일정한 동남아 기후에 스킨답서스가 얼마나 예쁘고 풍성하게 자라 늘어져 있던지, 식물에 대한 관점이 바뀌는 순간이었다. 그 스킨답서스는 호텔의 메인 인테리어를 담당한다고 해도 과언이 아니었다.

스킨답서스는 실내식물 중에서 가장 기르기 쉬운 식물이자 번식도 잘된다. 한창 스킨답서스 키우기가 유행한 적이 있다. 집집이 스킨답서스 하나쯤은 가지고 있을 정도였다. 각 가정의 에어컨 위에도, 선반 위에도 스킨답서스가 자리를 차지

하고 있었다. 그만큼 흔한 식물이지만, 키울수록 재미를 느끼
는 식물이다. 우선 자라는 모습이 보이기 때문이다. 한창 성장
기에는 아침에 일어나면 새잎이 나와 있고, 다음 날 아침이면
쑥 커 있다. 아이가 커가는 모습이 눈에 보이면 기쁘듯, 스킨답
서스는 그 자라는 모습을 보면서 식물 키우기의 재미를 느낄
수 있다.

나는 오늘도 식물과 열애 중

식물을 들이고자 한다면 집안 어디에 키우면 좋을지 미리 자리를 마련해 놓고, 식물에 대한 특성이나 물주는 시기 등을 공부하는 것도 식물을 키우기 위한 하나의 팁이다. 무작정 식물부터 들여놓고 제대로 키우지 못해 초록별로 보내는 일이 반복된다면 식물 키우기에 자신감을 잃을 수 있다. 그러나 스킨답서스는 걱정을 놓아도 된다. 집안 어디든 잘 어울린다. 책장 위, 식탁 위, 냉장고 위, 장식장 위, 주방 선반 위 등 바닥으로부터 약간의 높이를 가진 곳이라면 모두 오케이다.

Kang's 스타일링

✼ '우아한 심성, 다시 찾은 행복'이라는 꽃말을 가지고 있다. 빛이 부족한 베란다에서 잘 자란다. 병충해가 거의 없으며, 물 주기가 쉽다. 수경재배가 잘 된다. 관리가 약간 소홀하여도 잘 자란다. 칼슘 옥살레이트라는 독성이 있어 반려동물에게 좋지 않다. 인체에는 해가 없다. 주위의 공기를 정화해 눈의 자극이나 피로감을 가라앉힌다. 녹내장과 백내장, 안구 관련 질환의 가능성을 낮춘다. 햇빛이 너무 많이 드는 곳은 피한다.

8

짙고 푸른 꽃의 신비

아메리칸블루

"아침에 일어나서 뭐 했어?" 딸아이는 자주 가드너에게 전화해서 물어본다. 직장을 놓은 엄마가 무슨 일로 소일하는지 궁금해서일 것이다. "베란다 정원에서 시간을 보냈지." 라고 대답한다. "응, 그래?" 당연히 알고 있다는 듯 응답하는 딸. 할 일이 없어 '그냥, 그럭저럭' 보냈다고 대답하는 것보다 자신 있고 확신에 찬 대답을 할 수 있어서 좋다. 식물을 키우기 때문이리라.

베란다 정원의 창문을 열어 환기를 시킨다. 바깥의 신선한 공기를 식물에게 선사하고 가드너도 '홉' 하고 한 모금 들이마

신다. 밤새 잠들었던 식물들이 깨어나는 것을 느끼며 가드너도 스트레칭을 한다. 목을 돌리고, 팔로 원을 그리며 힘차게 돌린다. 상쾌한 하루의 시작이다.

분무기로 식물 하나하나 세심하게 분무해 준다. 손가락이 아프다고 느낄 때까지. 이 또한 하루를 시작하기 전 워밍업이다. 그때 눈앞에 아메리칸블루가 고개를 꼿꼿이 세우고 있는

나는 오늘도 식물과 열애 중

게 보인다. 아마 가드너와 눈을 맞추고 싶은 모양이다. 어제 봤던 꽃이 아니라 오늘 아침 새로 피어난 꽃이다.

"안녕!"

인사로 청량한 물을 분사해 준다. 아메리칸블루도 온몸을 흔들며 인사한다. 깊은 바다를 연상케 하는 짙고 푸른색 꽃에서 묘한 느낌을 받는다. 새로 시작하는 새날, 아메리칸블루

가 발산하는 신묘함으로 하루를 시작하는 것도 괜찮다. 오늘
은 뭔가 알 수 없는 일이 일어날 것 같은.

아메리칸블루는 일 년 내 매일 꽃을 피운다. 그래서 지나
치기 쉬운 꽃 감상을 붙잡아 두기라도 하려는 듯 '두 사람의
인연'이라는 꽃말도 로맨틱하다. 나태주 시인의 '풀꽃'이란 시
가 떠오른다.

나는 오늘도 식물과 열애 중

풀꽃

나태주

자세히 보아야

예쁘다

오래 보아야

사랑스럽다

너도 그렇다.

Kang's 스타일링

✻ 베란다 정원의 가장 밝은 곳에 두고 키운다. 추위에는 약하고, 물을 좋아한다. 잎의 윗면은 초록색이고, 뒷면은 은회색이다. 물을 줄 때 물이 꽃잎에 직접 닿는 것을 싫어한다. 아메리칸블루는 독성이 없어 반려동물과 함께 지내도 무방하다.

책을 쓰다 보니 나만의 케렌시아 베란다 정원에서 숨 고르는 시간이 점점 늘어났습니다. 식물이 뱉어내는 숨과 나의 호흡이 섞여 서로가 살아있음을 즐기는 시간이었습니다. 베란다 가드너로서 식물의 이파리 하나 줄기 하나 소홀히 하지 않고 줄 수 있는 관심과 사랑을 아낌없이 주었습니다. 식물은 아름다운 꽃과 새로운 잎을 내어주며 생명의 경이를 느끼게 해주었고, 나는 식물의 생태와 자태를 더 세심하게 살피니 그것들이 내는 작은 소리까지 들을 수 있게 되었습니다. 어느 순간 나는 식물과 눈빛을 교환하는 것 말고도 대화를 나누게 되었습니다. 그 교감의 경험과 이야기를 모으니 이렇게 책 한 권이 되었습니다.

여러분의 케렌시아는 어디입니까?

아직 없다면 베란다 정원은 어떻습니까?

이 책을 쓰는 과정에서 나의 많은 요구에도 묵묵히 격려해 주었던 남편에게 감사의 마음을 전합니다. 글을 쓰는 동안 내 곁을 지켜준 베란다 식물들이 있어 든든했습니다.

식물을 키웠을 뿐인 제게 책을 쓸 수 있도록 동기부여 해 준 시너지책쓰기코칭센터 유길문 대표님, 원고를 완성할 수 있도록 글쓰기 코칭을 해준《책 쓰기를 위한 글쓰기》저자 백 명숙 코치님께도 감사를 전합니다.

베란다 정원으로의 초대

나는 오늘도 식물과 열애 중

초판인쇄	2024년 1월 2일
초판발행	2024년 1월 8일

지은이	강경오
발행인	조현수, 조용재
펴낸곳	도서출판 프로방스
기획	조용재
마케팅	최문섭
교열 · 교정	이승득
디자인	문영윤

주소	경기도 파주시 산남동 693-1
전화	031-942-5366
팩스	031-942-5368
이메일	provence70@naver.com
등록번호	제2016-000126호
등록	2016년 06월 23일

정가 **17,800원**
ISBN 979-11-6480-349-1 (03810)

파본은 구입처나 본사에서 교환해드립니다.